Roland schmunzelt

Hermann Gutmann

Roland schmunzelt

Bremer Anekdoten
von 1945 bis zum Euro

EDITION TEMMEN

Die Deutsche Bibliothek verzeichnet diese Publikation in der Deutschen Nationalbibliografie; detaillierte bibliografische Daten sind im Internet über http://dnb.ddb.de abrufbar.

ISBN 978-3-86108-350-4

1. Auflage 2008

Titelillustration: Peter Fischer

Hohenlohestr. 21 - 28209 Bremen
Tel. 0421-34843-0 - Fax 0421-348094
info@edition-temmen.de
www.edition-temmen.de

Herstellung: Edition Temmen

ISBN 978-3-86108-350-4

Inhalt

Alltag in der Hansestadt

Von Bremer Politikern

Kaugummi

»Es wird darauf hingewiesen, dass das Turnen und die Ausübung des Sports innerhalb von Vereinigungen in der gesamten Enclave Bremen nach wie vor streng verboten sind ...«

Also war es wieder nichts mit dem Turnverein am letzten Juli-Wochenende des Jahres 1945. Aber es empfahl sich, am Sonntag in den Dom zu gehen. Die Orgel spielte wieder.

Na, das war ein Lichtblick! Und nicht der einzige in Bremen.

Zum Beispiel wurden 9000 Tonnen Kunstdünger vom Bremer Hafenkommando verteilt. Im Herbst sollte die Schule wieder anfangen. Und die ersten deutschen Fischkutter kehrten mit Rekordfängen von der Doggerbank zurück. Da lachte das Herz, denn Fischöl war in Sicht. Fischöl für Bratkartoffeln, Fischöl für die Sonntagsessen-Soße und für den Geburtstags-Schmalzkuchen. Das mit den Turnvereinen ließ sich unter diesen Umständen zunächst noch verschmerzen.

In Potsdam setzten sich derweil die Großen der Welt zu einer Konferenz zusammen, was allerdings für die Deutschen in Anbetracht der schlechten Ernteaussichten zu völliger Bedeutungslosigkeit zusammenschrumpfte. Es wäre vermessen, so teilte man den Bremern mit, wolle man unter den gegebenen Umständen mit einem fetten Winter rechnen.

Aber nun war zunächst Juli. Der Winter lag in weiter Ferne. Die Bremer lebten von einem Tag zum anderen und waren heilfroh, wenn sie nicht zu jenen 700 Nationalsozialisten gehörten, die täglich verhaftet wurden - also, nicht immer dieselben 700 Nationalsozialisten, sondern immer andere. In Bremen gab es zu der Zeit genug davon.

95 Prozent der bremischen Verwaltung waren im Juli 1945 sozusagen entbräunt. Und die Alliierten ließen bekannt machen, dass sie nun wohl langsam ein wenig Vertrauen zu den Deutschen fassen könnten - ein Vierteljahr nach Kriegsende. Es sei den britischen und amerikanischen Soldaten daher erlaubt, auf Straßen und öffentlichen Plätzen mit der deutschen Bevölkerung zu sprechen.

Ein Grund für die Bremer, die englische Sprache zu lernen. 'N büschen konnten die Kinder fast alle: »Have you chewinggum?«

Endlich der Richtige

Der Bremer Wohlfahrtssenator Wilhelm Kaisen (1887–1979) war am 1. August 1945 Präsident des Senats geworden. Bremen brauchte also einen neuen Wohlfahrtssenator. Das Vorschlagsrecht für diesen Posten stand den Kommunisten von der KPD zu. Allerdings musste Kaisen dem Vorschlag zustimmen.

Die Kommunisten schickten ihren »besten Mann«. Doch Kaisen winkte ab.

In der Folge schickten sie einen »besten Mann« nach dem anderen – führende Funktionäre, die sich um ihre Partei verdient gemacht hatten.

Kaisen guckte kaum auf. Er winkte ab.

Schließlich besannen sich die Kommunisten auf Adolf Ehlers (1898–1978), den sie ja schon mal aus ihrer Partei rausgeschmissen hatten und der 1944, also noch während des Krieges, ohne eigenen Antrag wieder in die KPD aufgenommen worden war.

Im Grunde war er – in den Augen der Kommunisten – ein unsicherer Kandidat. Allerdings leitete er derzeit das Bremer Arbeitsamt.

Ehlers musste also den Weg ins Rathaus antreten.

Er ging mit einem etwas mulmigen Gefühl.

Im Rathaus angekommen, meldete er sich im Dienstzimmer von Wilhelm Kaisen.

Der guckte nur kurz auf, schmunzelte und sagte: »Op di hebb ick all lange töfft.« (»Auf dich habe ich schon lange gewartet«)

***

Adolf Ehlers ist 1946 in die SPD eingetreten. Später, im Jahre 1959, wurde er Zweiter Bürgermeister und war als Nachfolger von Wilhelm Kaisen als Präsident des Senats vorgesehen. Allerdings musste er passen - aus gesundheitlichen Gründen.

Das is ’n annerer

Der Buchdrucker Heinz Meyer (1911–1986), der später Abgeordneter der Bürgerschaft und Ortsamtsleiter von Huchting war, meldete sich nach seiner Entlassung aus der Kriegsgefangenschaft beim Arbeitsamt im Keller der Baumwollbörse.

Und wie er es als Drucker gewohnt war, erkundigte er sich »nach Kunst«, also nach Arbeit.

Der Sachbearbeiter Carl Stockhinger fragte ihn: »Wie heißt du?«

»Heinz Meyer!«

Stockhinger wühlte in der Kartei, fand eine Karteikarte, sah sich die an, verzog den Mund und sagte: »Für dich hab’ ich nix.«

Meyer wunderte sich ein bisschen und zog ab. Aber er gab nicht auf.

Und als er zum dritten Mal im Amt erschien, wollte er den Grund wissen, warum es für ihn keine Arbeit gab.

Stockhinger zögerte nicht lange. Er hielt ihm eine Karte aus der Nazi-Kartei vor: »Hier«, sagte er, »du bist ’n Nazi!»

Meyer, der weit davon entfernt war, ein Nazi zu sein, guckte sich die Karte an und sagte: »Heinz Meyer stimmt. Das bin ich. Aber dieser Heinz Meyer auf der Karte bin ich nicht. Denn dieser Heinz Meyer ist ein Buchbinder. Und ich bin Buchdrucker. Das is ’n Unterschied. Und das Geburtsdatum stimmt mit meinem auch nicht überein. Mensch, dieser Heinz Meyer is ’n ganz annerer.«

Daraufhin sagte Carl Stockhinger: »Wie du das so sagst, das leuchtet mir ein.«

Er legte die Karteikarte zurück, guckte Heinz Meyer an und sagte: »Na ja, denn entschuldige man. Und natürlich habe ich Arbeit für dich.«

Wege einer Karriere

Franz Löbert, der spätere populäre Bremer Innensenator, war der erste Bürgermeister von Huchting nach 1945. Aber im Gemeindebüro hatte er schon vorher gesessen. Und das verdankte er dem alten Landgendarmen Petri.

Der traf Löbert eines Tages in dem vom Krieg arg gebeutelten Huchting, hielt ihn an und fragte: »Hör mal, du bist doch so 'n Bürohengst, nicht?«

Löbert nickte, worauf Petri ihn auf der Stelle dienstverpflichtete.

Er sagte: »Dann geh mal aufs Gemeindebüro und organisier die Aufräumungsarbeiten. Das wird nu Zeit, dass wir in die Gänge kommen.«

Und so kam Franz Löbert zu einem öffentlichen Amt.

***

Ähnlich zwanglos geschah seine Wahl zum Bürgermeister von Huchting.

Franz Löbert erzählt: »Na, und dann fuhr ich eines Tages nach dem Mittagessen wieder mit dem Fahrrad zum Gemeindehaus, da rief mir der Bauer Hinrich Osmer, der früher im Kreisausschuss gesessen hatte, vom Kutschwagen aus zu: ›Mach mal 'n büschen zu. Die warten schon auf dich. Du sollst Bürgermeister werden.‹«

Löbert fand die Idee überhaupt nicht gut. Er sagte, das solle er mal lieber selbst werden. Er hätte doch die Erfahrung.

Hinrich Osmers aber antwortete: »Ick bün to old!«

So fuhr Franz Löbert schweren Herzens mit dem Rad ins Rathaus.

Dort fragten sie ihn, ob er Bürgermeister werden wolle.

Er überlegte einen Augenblick. Dann sagte er: »Ja!«

Und da war er's.

Knaster Marke Siedlerstolz

Heinz Meyer, der langjährige Ortsamtsleiter von Huchting, ist in den Jahren nach 1945 unter Kennern vor allem durch seinen »delikaten« Huchtinger Knaster, Marke »Siedlerstolz«, bekannt geworden, mit dem er gelegentlich sogar den Bürgermeister Wilhelm Kaisen versorgen durfte.

Aber Heinz Meyer war auch ein großer Streiter vor dem Herrn, wenn es darum ging, die Interessen der im Tabakanbau tätigen Kleingärtner in Bremen zu vertreten.

Einmal ging es darum, dass die Zoll- und Finanzverwaltung den nur zur Fermentierung in die Tabakfabriken gebrachten Eigenbau-Tabak verzollen wollte.

Meyer versuchte, seine Fraktion und geladene Gäste von der Zollverwaltung davon zu überzeugen, dass hier ein Fall äußerst unsozialen Verhaltens seitens der Zollbehörde vorlag.

Er brachte seinen »Eigenheimer« mit, den er im häuslichen Backofen fachkundig fermentiert hatte. Er nannte den Tabak nicht ohne Stolz »Weser-Havanna«.

Der Erfolg war durchschlagend.

Die ersten Nichtraucher verließen schon nach wenigen Minuten den Raum, der nach der Veranstaltung tagelang gelüftet werden musste.

Leider hatte Heinz Meyer aber auch nicht die richtigen Leute von der Zollverwaltung eingeladen.

Also, die einen waren Nichtraucher, die anderen verwöhnt. Sie genossen auf Grund ihrer staatstragenden Tätigkeit im Hafen lieber die Ami-Zigaretten.

Jedenfalls stellte sich der Zoll nach wie vor stur.

Schließlich meinte Meyer zu einem seiner Mitstreiter: »Geh'n wir mal zu Willem!«

Bürgermeister Wilhelm Kaisen hörte sich das ganze Problem an. Dann meinte er ärgerlich: »Wat schall dat denn?«

Er griff zum Telefon, schnackte ein bisschen rum, legte wieder auf und beendete das Theater mit den Worten: »Also, die Eigenheimer soll'n mal ihren Tabak weiter verarbeiten.«

Und mit Bürgermeister-Pose und nicht ohne lächelnde Ironie sagte er: »Wir gestatten das!«

Kenn' ich nich

Dr. med. Bernhard Noltenius, Spross einer alten bremischen Familie, der sich 1912 als praktischer Arzt in der Wachmannstraße niedergelassen hatte, gehörte nach dem Zweiten Weltkrieg zu den Gründern der Bremer Demokratischen Partei (BDP).

Als ein neues Mitglied in einer Parteisitzung auftauchte, fragte Noltenius: »Wer is das denn?«

»Das ist Herr Schomaker«, wurde er belehrt.

»Schomaker?«, fragte Noltenius zurück. »Kenn' ich nich.«

»Aber, Herr Doktor, den müssen Sie doch kennen - Schomaker, das Beerdigungsinstitut.«

Noltenius schüttelte den Kopf. »Nee, kenn' ich wirklich nich. Ich lass woanners arbeiten.«

Reden vor der Bürgerschaft

Es war im Jahr 1947. In der Bremischen Bürgerschaft waren Haushaltsberatungen angesetzt worden.

Es sprachen Bürgermeister Wilhelm Kaisen, der sich bekannterweise nicht sehr gern in der Bürgerschaft aufhielt, was ihm so manches Stirnrunzeln des Präsidenten der Bürgerschaft, August Hagedorn (1888–1969), eingetragen hat, der geniale Finanzsenator Dr. Wilhelm Nolting-Hauff, Herr Alfred Balcke von der Finanzdeputation und die Sprecher der Parteien.

Die Debatte sollte zügig und an einem einzigen Tag abgeschlossen werden.

Präsident Hagedorn bat nach der Debatte um die Schlussworte.

Herr Rudolf Rafoth von der KPD hielt daraufhin folgende Rede. Er sagte: »Ich verzichte!«

Herr Gustav Grabau von der FDP sagte: »Ich verzichte!«

Herr Dr. Emil Lueken von der Bremer Demokratischen Volkspartei (BDV) war etwas geschwätziger. Er sagte: »Auch ich verzichte.«

Herr Ernst Degenhardt von der CDU sagte: »Ich verzichte!«

Herr Carl Stockhinger von der SPD ergriff das Wort für den offenbar etwas mundfaulen Herrn Josef Böhm. Herr Stockhinger sagte: »Herr Böhm verzichtet auch!«

Herr Alfred Balcke sagte: »Ich verzichte.«

Und Herr Senator Dr. Wilhelm Nolting-Hauff verzichtete auch.

Herr Präsident August Hagedorn schloss daraufhin die Sitzung der Bürgerschaft.

Grau

Gegen Ende seiner Amtszeit wurde der Nachkriegsbürgermeister Wilhelm Kaisen vom Senat dazu verdonnert, sich porträtieren zu lassen.

Kaisen war nicht gerade begeistert.

Doch nach langem Hin und Her ließ er sich breitklopfen, wollte aber gern wissen, wer das Porträt malen werde.

»Was is das denn für einer?«, fragte er. »Hoffentlich nich so 'n moderner!«

»Nee, nee«, wurde er beruhigt. »Das ist Professor Kallmann. Ganz bekannt. Der hat schon Theodor Heuss gemalt.«

Na ja, dachte sich Kaisen, wenn Heuss den an sich rangelassen hat, dann konnte das ja kein Verrückter sein.

»Denn lass ihn man komm'«, sagte er.

Hans Jürgen Kallmann kam.

Die beiden verstanden sich auf Anhieb gut. Und irgendwann kamen sie auf das Bremen-Bild von Oskar Kokoschka zu sprechen.

Kallmann fand es nicht gut.

Er meinte, Kokoschka habe Bremen überhaupt nicht begriffen. Bremen sei doch kein Jahrmarkt. Bei Kokoschka fehle einfach das Grau.

Wilhelm Kaisen gab zu bedenken: »Na, na, grau ist Stiefelwichse.«

Da kam er aber bei Hans Jürgen Kallmann an die richtige Adresse.

Der rief aus: »Nein, keine Stiefelwichse! Mischen Sie mal die Farben Grün, Blau und Rot. Dann erhalten sie das farbigste Grau, das es gibt. Und das ist das Grau Ihrer Stadt.«

Daraufhin sagte Kaisen: »Meinetwegen, Hauptsache, bei diesem Grau ist Rot dabei und es wird nicht Schwarz.«

Kunst

Es gehörte nicht unbedingt zur Lebensplanung des Altbürgermeisters Wilhelm Kaisen, einer Bildhauerin Modell zu sitzen.

Aber kannst ja nich immer Nee sagen.

So kam es denn im April des Jahres 1969 dazu, dass das kleine Gewächshaus von Wilhelm Kaisen in Borgfeld eine Woche lang Atelierraum wurde.

Und tatsächlich saß der alte Bürgermeister geduldig der Bremer Bildhauerin Carina Schlätzer Modell für eine Büste.

Kaisen erzählte während der Sitzungen aus seinem Leben, kommentierte missmutig das Wetter und wirkte im Übrigen heiter und gelöst.

Und als die Büste nach einer Woche fertig war, guckte er sich das Kunstwerk an und meinte wohlgefällig: »Na ja, wenn ich das sein soll, dann bin ich das wohl auch!«

»Schulmeister« Dehnkamp

Es war bekannt, dass Wilhelm Kaisen zu seinem Nachfolger Willy Dehnkamp kein besonders herzliches Verhältnis hatte, obwohl beide aus Hamburg stammten - Dehnkamp allerdings aus Altona, Kaisen aus Eppendorf.

Doch während nun Kaisen vieles aus dem Bauch heraus erledigte, was ihm eine große Popularität eintrug, hielt sich Dehnkamp weitgehend an das geschriebene Wort. Und beide hatten damit Erfolg. Willy Dehnkamp gilt noch heute als ein sehr guter Bildungssenator - und Kaisen redete ihm da auch gar nicht rein. Beide hatten Respekt voreinander.

Doch wenn Kaisen sich mal wieder über den »Schulmeister« Dehnkamp geärgert hatte, erzählte er schmunzelnd, dass »auf Willys Schreibtisch die gespitzten Bleistifte in Reih und Glied« lägen.

Als ein »guter Freund« Willy Dehnkamp davon in Kenntnis setzte, verzog der keine Miene. Er fragte nur: »Wie sollen die denn sonst liegen?«

Ich bin doch kein Bremer

Das 7658 BRT große Passagierschiff »Prins Hamlet« verließ Ende Mai 1966 die Columbuskaje in Bremerhaven zu seiner ersten Rundreise: Bremerhaven-Harwich-Bremerhaven. Es wurde zugleich die Bewährungsprobe für das Schiff, denn es geriet gleich am ersten Abend in ein orkanartiges Unwetter. Dabei wurde einiges an Bord durcheinandergewirbelt und manch Passagier im Glauben an seine Seefestigkeit zutiefst erschüttert.

An Bord befand sich auch der Bremer Bürgermeister Willy Dehnkamp in Begleitung seiner Frau. Die beiden wollten eine einwöchige private Rundreise durch Südengland unternehmen.

Kurz vor der Abfahrt der »Prins Hamlet« in Bremerhaven kletterten bereits wild gewordene Wellen an der Columbuskaje hoch und selbst alte Seeleute meinten: »Na, das wird 'ne lustige Fahrt!«

Gleich nach der Abfahrt wurde zu Tisch gebeten und Bürgermeister Dehnkamp erhielt einen Ehrenplatz, den er aber gar nicht richtig genießen konnte. Bald nach Hoheweg erhob sich der Bürgermeister zwischen Hauptgang und Dessert sehr abrupt und ging kerzengrade, wie es seine Art war, jedoch kreidebleich und sehr zügig in seine Kabine.

Er war nicht der Einzige, der eine schlechte Nacht vor sich hatte. Es gab aber auch einige Passagiere, die konnten das alles ab – einschließlich Orkan. Sie tanzten in der »Ophelia-Bar«, saßen in der Neptuns-Bar, wo sie von einem netten Steward aus der Dionysiusstraße in Bremerhaven-Lehe bedient wurden, und sie versuchten einem Herrn namens Krebs nachzueifern, der im Spielkasino Mitspieler und Croupier dadurch irritierte, dass er planlos setzte und viel gewann.

Doch Willy Dehnkamp war einer der wenigen, die sich am nächsten Tag, wenn auch immer noch kreidebleich, nichts über die Strapazen der vergangenen Nacht anmerken ließen.

Willy Dehnkamp ließ sich sogar dazu hinreißen, den an Bord anwesenden Pressevertretern zu erklären: »Die ›Prins Hamlet‹ hat mir sehr gut gefallen!« Und seine Frau sagte hinter vorgehaltener Hand: »Das hörte sich in der Nacht etwas anders an!«

Anschließend wurde Dehnkamp am Parkeston-Kai in Harwich von Mr. Ridsdale, einem Abgeordneten des Stadtparlaments in Harwich, begrüßt.

Und als man nun dem Bremer Bürgermeister die Koffer abnehmen wollte, die er – versteht sich – selbst trug, sagte er im Hinblick auf seine Hamburger Herkunft und auf das im Oldenburgischen und im Hamburgischen bekannte Sprichwort: »Ich bin doch kein Bremer!«

Nee, das war er wirklich nicht, ein Bremer, der sich die Arbeit aus der Hand nehmen ließ.

Der Tänzer

Bürgermeister Willy Dehnkamp gehörte jedenfalls nicht zu jenen, die man als »Gesellschaftslöwen« bezeichnen konnte. Willy Dehnkamp hielt sich von der Gesellschaft weitgehend zurück. Und seine ganze Art war eher unauffällig.

Zufrieden war Dehnkamp, wenn er arbeiten konnte, und es gab im Rathaus einige, die sich einen privaten Willy Dehnkamp gar nicht vorstellen konnten.

Doch wenn Presseball im Park-Hotel war, dann ließ er es sich nicht nehmen, dabei zu sein. Doch ging es ihm nicht darum zu repräsentieren. Wenn Willy Dehnkamp zum Presseball ging, dann wollte er tanzen.

Er war der Erste auf der Tanzfläche und der Letzte. Er ließ keinen Tanz aus. Und am liebsten tanzte er mit seiner Frau.

Selbst seine unversöhnlichsten Kritiker meinten: »Eines muss man Willy lassen - tanzen kann er gut!«

Als Willy Dehnkamps Frau diese Bemerkung zugetragen wurde, soll sie gesagt haben: »Na ja, das ist ja wohl auch die Hauptsache.«

Königin Sirikit lief dem Protokoll davon

Bürgermeister Willy Dehnkamp und seine Frau hatten extra ihren Urlaub auf der Insel Juist unterbrochen, um den thailändischen König Bhumibhol und seine Frau, Königin Sirikit, zu empfangen. War ja wohl auch klar, denn Könige kommen selten nach Bremen. Und da muss man eben auch in der Urlaubszeit auf ein paar Ferientage verzichten.

König Bhumibhol und Königin Sirikit weilten vom 22. bis 24. August 1966 in Bremen, wo sich der König unter anderem einen Namen als Saxophonist machte. Im Flur des Park-Hotels gab er Proben seines Könnens.

Königin Sirikit aber lief dem Protokoll unentwegt davon. Schon im Fockemuseum spielte sie mit der Wiege im Bauernhaus, so dass das Protokoll bedenklich auf die Armbanduhr guckte. Der nächste Termin stand schon an.

Auch gibt es die Nachricht, dass die Königin am letzten Tag ihres Aufenthaltes in Bremen dem Protokoll und den Sicherheitsbeamten entwischt sei und sich auf einen Einkaufsbummel begeben habe.

Vor allem wollte sie typisch bremisches Spielzeug für ihre Kinder kaufen und - eine Kollektion Bremer Ansichtskarten.

Der Chronist stellte sich damals vor, wie der König und die Königin im Winter mit ihren Kindern am Kamin sitzen und die Ansichtskarten herumreichen,

Ansichten vom Bürgerpark, vom Rathaus und von der Columbuskaje.

Auf allen Karten aber, so stellte sich der Chronist das zumindest vor, waren zierliche Kreuzchen eingezeichnet, damit die Prinzessinnen und der Kronprinz genau erkennen konnten, wo Mami und Papi gewohnt, wo genau sie beim Empfang im historischen Rathaus gesessen und wo sie zu dieser oder jener Stunde entlanggefahren waren.

Und Mami Sirikit, so sah es der Chronist, werde zu ihren vier Kindern sagen: »Wenn ihr groß seid, dürft ihr da auch mal hin.«

Hickhack rund um den Roland

Es geschah am 25. September 1967 gegen zehn Uhr morgens. Wer damals über den Marktplatz ging, stellte fest: Der Roland hatte sich verändert.

Denn der Roland stand hinter einem Gerüst, das soeben aufgebaut worden war.

Kundige Bremer wussten: Aha, nun soll es also losgehen. Der Roland hat ja eine Stelle am Kopf, einen weißen Fleck. Außerdem wackelt er mit seinem Schwert. Nun also werde der Restaurator Willi Olsztynski an die Arbeit gehen und den Roland gesund pflegen.

Doch schon am Mittag des 25. September 1967 war das Gerüst wieder weg.

Nun gab es auch damals schon Leute in Bremen, die trauten ihren Augen nicht. Die sagten sich, ein Gerüst, das am Morgen aufgebaut worden ist, kann mittags nicht schon wieder weg sein.

Und weil es schon damals Telefone gab, setzte sich einer hin und rief an.

»Doch«, sagte die Gerüstbauerfirma Wilh. G. Bädecker, »das Gerüst ist weg!«

Wieso?

»Wir haben es aufgebaut und dann erhielten wir den Auftrag, es wieder abzubauen.«

Und warum?

Das wusste die Firma Wilh. G. Bädecker auch nicht.

Der Maler und Restaurator Willi Olsztynski wusste es auch nicht so genau.

»Aber der Roland hat doch eine Stelle am Kopf! Oder wer?«

Olsztynski sagte: »Der Roland! Der Roland ganz bestimmt.«

Doch dann stellte sich noch etwas heraus: Die Verantwortlichen hatten sich vertan. Das Gerüst sollte nicht am 25. September aufgebaut werden, sondern erst eine Woche später.

Und warum wurde das Gerüst am 25. September 1967 aufgebaut und gleich wieder abgebaut?

Das Gerüst wurde aufgebaut, weil der Roland restauriert werden sollte. Abgebaut wurde es, weil am nächsten Sonntag die Bürgerschaftswahlen waren.

Roland aber - wie eh und je - lächelte hintergründig und schwieg.

Viel schlimmer

Heinz Kerneck (1912–1968), der von 1957 bis zu seinem Tode Intendant von Radio Bremen war, wurde auf einer Gesellschaft in Schwachhausen von einer älteren und sehr feinen Bremerin gefragt: »Ach, Herr Kerneck, sagen Sie mal, wo sind Sie denn her?«

Heinz Kerneck wand sich ein bisschen und meinte mit einem humoristischen Anschlag in der Stimme: »Gnädige Frau, das mag ich Ihnen eigentlich gar nicht sagen. Ich bin aus Sachsen.«

Daraufhin erwiderte die Dame: »Aber, Herr Kerneck, das macht doch nichts. Viel schlimmer wäre es gewesen, wenn Sie aus Bremerhaven kämen.«

Außer Gefecht

Als in Bremen die 68er auf die Straße gingen und in der Innenstadt der Teufel los war, fühlte sich ein alter SPD-Mann an seine eigene stürmische Jugend erinnert.

Er stürzte sich mit großem Elan und guten Argumenten in die »Schlacht«. Er diskutierte zunächst mit seinen Parteikollegen in der Geschäftsstelle der SPD, was ihm aber bald zu wenig war.

Sein Platz, so fand er, war bei den Jungen, die den »Opa« gern in ihrer Mitte aufnahmen und manches von dem, was er zu erzählen hatte, gern weitertrugen.

Das ging zwei Tage gut.

Am dritten Tag vermissten ihn seine Parteikollegen, bei denen er sich bisher stets gemeldet hatte.

Sie suchten ihn und schließlich meinte einer: »Fragen wir doch mal bei ihm zu Hause. Seine Frau wird wohl wissen, wo er steckt.«

Einer der Kollegen rief an.

Die Frau des »Vermissten« meldete sich.

»Ist Gottlieb da?«, wollte der Kollege wissen. »Wir vermissen ihn!«

»Das macht nix«, wurde er von der Frau des Kollegen belehrt. »Gottlieb is gerade am Abwaschen. Und so lange Revolution is, kommt der auch nich mehr raus.«

Alle vier Strophen

Es ergab sich, dass der Bremer Bürgermeister Hans Koschnick im Oktober des Jahres 1969 aus dienstlichen Gründen in die Vereinigten Staaten von Amerika reisen musste. Und mit großem Interesse entnahmen die in Bremen tätigen Journalisten den Mitteilungen der Pressestelle des Senats der Freien Hansestadt Bremen, dass der Bürgermeister um viele Erkenntnisse reicher aus den USA nach Bremen zurückkehren werde.

Das war nun allerdings auch zu erwarten. Ein Bürgermeister reist schließlich nicht zu seinem Vergnügen in der Weltgeschichte umher.

So musste Hans Koschnick unentwegt Ratskellerweine an seine amerikanischen Kollegen verteilen. Er musste mit Handelsherren und Industriebossen bedeutende Gespräche führen, die schließlich, wie man sich denken kann, nicht ohne günstige Wirkung auf die Außenhandelsbilanz des Landes Bremen bleiben sollten.

Er musste ungezählten Deutsch-Amerikanern die Hände schütteln, denn Deutsch-Amerikaner schüttelten zumindest zu jener Zeit gern Deutschen aus Deutschland die Hände, schon gar, wenn es sich um deutsche Bürgermeister handelte.

Wer einmal stundenlang Hände geschüttelt hat, der weiß, wie anstrengend das ist.

Doch Bürgermeister Hans Koschnick brachte nicht nur Erkenntnisse dieser Art mit nach Bremen.

Er ließ durch die Mitteilungen der Senatspressestelle berichten, dass die Stadt Houston in Texas 1,2 Millionen Einwohner hatte, und unter diesen 1,2 Millionen Einwohnern gab es einige, die das deutsche Volksliedgut in einem für deutsche Verhältnisse ungewöhnlichen Maße beherrschten.

So erfuhr der Bremer Bürgermeister Hans Koschnick eben dort, dass das deutsche Volkslied: »Du, Du liegst mir im Herzen« aus vier Strophen besteht, was ihm bis dahin unbekannt gewesen war.

Ein deutsch-amerikanischer Chor in Houston hatte ihm ein Ständchen gebracht, in dem dieses Lied eine besonders wichtige und eindeutig gemeinte Rolle spielte.

Es ist nicht überliefert, ob Hans Koschnick die vier Strophen behalten hat.

Entscheidungsgewalt

Leo M. Goodman war in den 60er Jahren für sieben Jahre Generalkonsul der Vereinigten Staaten von Amerika in Bremen - ein umtriebiger Mann, der immer da war, wenn er gerufen wurde. Und wenn er nicht gerufen wurde, war er auch da. Jeder mochte ihn leiden.

Goodman, der auch Träger des »Ordens wider den tierischen Ernst« war und begeistert die Bayernkapelle auf dem Bremer Freimarkt dirigierte - nicht immer, aber wenn ihm danach war - hatte während seines Aufenthaltes in Deutschland seine Frau Thea kennen gelernt, die aus Bayern stammte. Als Goodman Anfang des Jahres 1970 in Pension ging, kochte es in der Bremer Gerüchteküche. Man erzählte sich, dass sich die Eheleute über ihren künftigen Wohnort nicht einigen könnten. Er wolle nach Washington zurück, sie aber nach München.

Auf dem Carl-Schurz-Ball im Park-Hotel Anfang 1970 sagte Thea Goodman in einer Rede: »Ich werde nach der Pensionierung meines Mannes nach München ziehen. Und er (sie deutete energisch auf ihren Mann) geht mit!«

Es war wohl das einzige Mal, dass Leo M. Goodman sprachlos war.

Nahrhafte Rausschmeißer

Einmal gaben US-Generalkonsul Leo M. Goodman und seine Frau Thea ein Essen für Freunde und Mitarbeiter. Anschließend ging man noch ein wenig in den Garten des Hauses an der Marcusallee.

Und wie immer entfaltete Leo M. Goodman eine unwahrscheinliche Aktivität. Er begann zu ernten und mit der Ernte belud er seine Gäste – Rote Bete, Zwiebeln, Möhren, Astern und alles Mögliche noch.

Und als die Gäste allesamt schwer beladen im Garten standen, blieb ihnen nichts anderes übrig, als die Ernte einzufahren. Einer nach dem anderen verabschiedete sich mit vielen Dankesworten.

Wenn man genau hinguckte, konnte man ein listiges Lächeln in den Mundwinkeln des Generalkonsuls erkennen.

Wilhelm Kaisen hat Geburtstag

Es war im Mai des Jahres 1972, wenige Tage vor dem 22., an dem der Altbürgermeister Wilhelm Kaisen Geburtstag hatte. Und wie das so ist, während einer Mittagspause, bei Labskaus mit Gurke und Spiegelei, sagte einer, der von Amts wegen Zugang zu so manchen freundlichen und sicherlich auch weniger freundlichen Geschichten im Rathaus hatte, nun sei also, sagte er und schmunzelte, auch der Hamburger Senat zum Geburtstag des Altbürgermeisters eingeladen worden.

Er berichtete, während er sein Spiegelei zerlegte und Eigelb und Labskaus miteinander vermischte, dass Wilhelm Kaisen, als ihm das ins Haus stehende vollzählige Erscheinen des Hamburger Senats mitgeteilt worden sei, gesagt habe, er freue sich schon darauf. Er habe dann auch vorgeschlagen, man solle die Herren des Hamburger Senats am Montag zu ihm hinausschicken nach Borgfeld. Da werde er mit ihnen über die Felder gehen und ihnen alles zeigen.

Es habe, so erzählte der Gewährsmann weiter, einige Mühe gekostet, um den Altbürgermeister davon zu überzeugen, dass ein Hamburger Senat nicht auf den Feldern von Borgfeld empfangen werden könne, sondern dass ihm - wie das nun einmal nach den Regeln des Protokolls so sei - im Rathaus der Stadt und während des offiziellen Geburtstagsempfangs am Dienstag, am Tage nach Kaisens Geburtstag, die Ehre gegeben werden müsse.

Obwohl sicherlich, das sei als private Meinung des Chronisten hinzugefügt, keiner der Herren Senatoren aus Hamburg Schaden bei einem Gang über die Felder von Borgfeld erlitten hätte - Wilhelm Kaisen vorneweg, sachkundig die Ernteaussichten erwägend, diese oder jene Pflanze am Wege erläuternd und mit der Hand beiläufig einer Kuh über den Kopf fahrend, die kauend am Gatter stand und neugierig glotzte.

Aber daraus wurde nichts.

Die Angelegenheit wurde protokollgerecht geregelt. Die offizielle Geburtstagsfeier fand am Dienstag im Rathaus statt - unter anderem mit den fein gemachten Hamburger Senatoren.

Die richtige Geburtstagsfeier allerdings, zu der ein paar gute alte Freunde kamen, war am Montag vormittag bei Wilhelm Kaisen zu Hause. Doch nur bis elf.

Um elf Uhr war Schluss, ganz egal, ob alle Gratulanten dagewesen waren oder nicht.

Denn um elf stand bei Kaisens, wie alle Tage, das Mittagessen auf dem Tisch. Und ein Geburtstag war kein Grund, es kalt werden zu lassen.

Weder Fisch noch Fleisch

Am 18. September 1985 trat die Bremische Bürgerschaft zusammen, um - nach dem Rücktritt von Bürgermeister Hans Koschnick - ein neues Senatsmitglied zu wählen. Es kandidierte der SPD-Abgeordnete Klaus Wedemeier.

Die Bürgerschaft wählte und Bürgerschaftspräsident Dr. Dieter Klink gab das Ergebnis bekannt: »Auf den Kandidaten Wedemeier entfielen Jastimmen: 57, Neinstimmen: 39, Enthaltung: eine, ungültige Stimmen: eine.«

Daraufhin brandete - zumindest links - Beifall auf und Wedemeier erhielt Glückwünsche.

Dieter Klink sah und hörte sich das einen Augenblick an, unterbrach dann aber die Darbietung der Volksvertreter etwas dröge mit den Worten: »Meine Damen und Herren, wir haben uns das eigentlich anders vorgestellt!«

Und nach dieser kleinen Rüge fuhr er fort: »Er ist noch kein Mitglied des Senats, darauf möchte ich Wert legen, das ist er erst durch die Vereidigung! Im Augenblick ist er auch kein Mitglied der Bürgerschaft mehr.«

Nachdem eben klargestellt worden war, dass Klaus Wedemeier, der von 1985 bis 1995 Bürgermeister und Präsident des Senats war, jedenfalls in diesem Moment weder Fisch noch Fleisch sei, merkte Klink an: »Es gibt also gar keinen Grund zu gratulieren!«

Daraufhin erfolgte die Vereidigung, Klaus Wedemeier war Senator und Dieter Klink schickte die Bürgerschaft in die Sitzungspause bis 14.30 Uhr.

Danach eröffnete Bürgerschaftspräsident Dr. Dieter Klink die Sitzung - ohne Wedemeier - und verlas ein Schreiben, das er soeben »von Bürgermeister Wedemeier« erhalten habe. »Schreiben mit heutigem Datum!«

In diesem Schreiben beehrte sich nämlich der in der Zwischenzeit im Rathaus vom Senat gewählte Bürgermeister Wedemeier dem sehr geehrten Herrn Präsidenten mitzuteilen, dass der Senat »mit Beschluss vom heutigen Tage gemäß Artikel 114 der Landesverfassung den Unterzeichner zum Bürgermeister und zum Präsidenten des Senats« gewählt habe.

Es stand noch einiges mehr in dem Brief, der mit »vorzüglicher Hochachtung« schloss.

Es ist anzunehmen, dass sich die beiden Präsidenten hinterher, zusammen mit Freunden, auf ein Bier trafen, aber da waren sie keine Präsidenten mehr, sondern Dieter und Klaus.

Liebe

Es ergab sich, dass Bürgermeister Henning Scherf an einer Veranstaltung des St. Remberti-Altenheimes teilnahm - aus Repräsentationsgründen und weil er sowieso in der Nachbarschaft wohnte.

Und wie das so ist, wenn Henning Scherf in seiner Eigenschaft als Bürgermeister irgendwo auftauchte - wer immer ihm über den Weg lief, der wurde in den Arm genommen.

Eine der älteren Damen, die ebenfalls in den Armen des Bürgermeisters gelandet und von ihm obendrein getätschelt worden war, meinte, darauf angesprochen: »Och Gott, dscha, er liebt mich dscha wohl ein büschen.«

Wasser trinkende Bürgermeister

Jens Böhrnsen, der gegen Ende des Jahres 2005 Nachfolger von Hennig Scherf als Bürgermeister und Präsident des Senats der Freien Hansestadt Bremen wurde, kam in der Kneipe »Kaiser Friedrich« im Schnoor mit dem Altbürgermeister Hans Koschnick ins Gespräch.

Und als die Bedienung kam und nach seinen Wünschen fragte, bestellte er sich Mineralwasser.

Koschnick guckte sich das Wasser misstrauisch an und meinte: »Die Bürgermeister in Bremen lieben offenbar das Wasser. Du trinkst kaltes Mineralwasser. Dein Vorgänger Scherf bevorzugt heißes Wasser. Und ich trinke am liebsten Kirschwasser.«

Von Kauf- und anderen Leuten

Lebenserfahrung

Leicht hatte es der alte Schulz aus der Stavenstraße, Kaufmann seines Zeichens, sein Leben lang nicht gehabt. Und dann musste er obendrein mal so 'n richtigen Schicksalsschlag einstecken, dass ihm Hören und Sehen verging, und er dachte, nun sei er wohl restlos pleite.

Doch von einem Tag zum anderen wandte sich das Blatt. Aus dem Missgeschick entwickelte sich Gutes, und der alte Schulz stand zu seiner eigenen Überraschung besser da als je zuvor.

Er befand sich noch ganz unter dem Eindruck des Geschehens, als er einen Geschäftsfreund traf, mit dem er seit dschjahrenden vertraut war. Und begreiflicherweise drängte es ihn, diesem von der wunderbaren Fügung zu berichten.

Der Geschäftsfreund hörte sich das alles geduldig an, nickte tiefsinnig und meinte dann: »Dscha, dscha, Herr Schulz, so 'n Tritt in 'n Hintern is manchmal auch 'n Schritt nach vorn.«

Gründliche Prüfung

Wer in Bremen zu was kommen will, der muss schon 'n büschen Geduld mitbringen, anners geht das nich.

Nachdem sich der Goldschmied Erich Hergert vor Jahrzehnten im Schnoorviertel niedergelassen hatte, lag schon eine bemerkenswerte berufliche Karriere hinter ihm. Er hatte in Berlin erfolgreich gearbeitet und im Jahre 1968 war ihm in New York der »Oscar« für Schmuckdesigner verliehen worden.

Doch die Bremer konnte er damit nicht beeindrucken. Die meisten gingen an seinem Laden vorbei und taten so, als gäbe es ihn gar nicht.

Eines Tages jedoch öffnete sich bei Hergert die Ladentür. Ein Herr trat ein, der ganz offensichtlich ein Bremer Kaufmann war.

Er nickte freundlich, nicht zu freundlich, versteht sich, sondern mit aller Distanz, und sagte: »Na, Herr Hergert, nun sind Sie ja wohl schon acht Jahre in Bremen, wie?« Und als Hergert das bestätigte, fuhr der Herr fort: »Ja, sehen Sie, wir haben Sie die ganze Zeit über beobachtet. Und jetzt wissen wir, dass wir bei Ihnen kaufen können.«

Und das tat er denn auch.

Ganz einfach

Als Ute Tölke in den 1970er Jahren ihr Café Tölke im Schnoorviertel eröffnete, wurde das in Bremen mit einer gewissen Reserviertheit zur Kenntnis genommen. Denn Ute Tölke war die Frau des Modemachers Dieter Tölke. Und Café und Mode, passt das denn? Und - kann man das denn?

Diese Frage hatten sich wohl auch zwei ältere Damen gestellt, die in den ersten Tagen der Eröffnung in das Café kamen, sich sehr kritisch umsahen und Kaffee und Kuchen probierten. Nicht nur ein Stück, sondern gleich mehrere.

Am Ende dieser ausführlichen Musterung teilte die eine Dame der anderen mit erhobener Stimme mit: »Da siehst du mal, Erna, es ist alles ganz einfach! Man muss nur wissen, wie man es machen muss.«

Bremer Kaufmann

Als sich Hans Mahlstedt nach einer harten Jugend in Walle und nach einer Lehre als Handlungsgehilfe in einem Reedereikontor strebsam in die mittleren Ränge des Kontors hochgearbeitet hatte, beschloss er, sich auf dem Umweg über eine eigene Schiffsmaklerei als Reeder zu versuchen.

So etwas geht natürlich nicht von einem Tag zum anderen.

Wer so einen Weg machen will, braucht Geduld, die Hans Mahlstedt auch gehabt hätte, wenn da nicht ein reizendes Mädchen aus sehr gutem Elternhaus gewesen wäre, mit dem er sich ein gemeinsames Leben recht gut vorstellen konnte. Und wie es der Zufall wollte - auch das Mädchen hatte Gefallen an Hans Mahlstedt gefunden.

Die entscheidenden Gespräche zwischen den beiden jungen Leuten fanden just zu der Zeit statt, als Hans Mahlstedt mit dem Erwerb eines gut erhaltenen Stückgutschiffes beschäftigt war, mit dem er unter anderem die britischen Seehäfen anlaufen wollte.

Es ergab sich, dass er an einem sonnigen Junitag morgens gegen elf Uhr den Vertrag über den Kauf des Schiffes unterschrieben hatte und vom Notar aus auf direktem Wege dem Elternhaus seiner Angebeteten in Schwachhausen zustrebte, wo er erstens zum Mittagessen eingeladen war und zweitens dem Vater des Mädchens in einem strengen Verhör seine finanziellen Verhältnisse offenlegen musste.

Das Essen bestand aus einer Hühnersuppe, aus à la minute gebratenem Roastbeef mit jungem Gemüse und aus einer Bremer Roten Grütze.

Hans Mahlstedt, von zu Hause aus nicht verwöhnt, war begeistert – und er sagte es auch.

Nach dem Kaffee ließen die Dame des Hauses und ihre Tochter Hans Mahlstedt mit dem Herrn des Hauses, einem erfolgreichen Baumwollkaufmann, allein.

Der Kaufmann, ein Mann von Welt, holte Cognac aus seiner kleinen Bar und schritt dann zum Humidor, um die dazu passende Zigarre zu holen.

Beiläufig fragte er Hans Mahlstedt: »Sie rauchen sicherlich auch?«

Hans Mahlstedt verneinte. »Dazu bin ich bisher noch gar nicht gekommen«, sagte er.

Der Hausherr sagte dazu nichts und nachdem er sich's gemütlich gemacht hatte, begann er ein Gespräch über die wirtschaftliche Lage in der Welt, in Europa, in Deutschland, in der Hansestadt Bremen und so ganz langsam ging er ins Detail.

»Sie sind also Schiffsmakler!«, stellte er mit forschenden Augen fest.

»Das ist richtig«, antwortete Hans Mahlstedt. »Und heute morgen um elf habe ich ein Schiff gekauft.«

»Ein Schiff?«

Der Hausherr zeigte sich überrascht, was er tatsächlich auch war.

Er meinte: »Dann sind Sie auch ein Reeder?«

»Ich hoffe, einer zu werden«, gab sich Hans Mahlstedt bescheiden.

Und weil nun der Kaufmann ein bisschen mehr ins Detail gehen wollte, immerhin ging es ja um die Zukunft seiner Tochter, fragte er rundheraus: »Haben Sie denn bei der Bank so viel Kredit, dass Sie sich ein Schiff leisten können?«

»Kredit?«, fragte Hans Mahlstedt. »Das weiß ich nicht, ob ich Kredit habe. Das Geld für das Schiff habe ich von meinem Sparbuch abgehoben.«

Käse

Es war in den Jahren, als sich die Bremer von den Zerstörungen des Krieges halbwegs erholt und von der 68er Revolution, die sich in Bremen dadurch bemerkbar machte, dass sich leidenschaftlich diskutierende junge Leute ohne Erlaubnis auf Straßenbahnschienen setzten, noch nicht die geringste Ahnung hatten.

Eigentlich fingen die Bremer gerade wieder an, die alten Tugenden der bremischen Lebensart aus der Mottenkiste der Geschichte auszupacken.

So überquerte also an einem Freitagnachmittag im Juni ein würdevoll und vornehm wirkender Herr gemessenen Schrittes den Marktplatz. Er schien auf den Schütting zuzusteuern.

Der Herr trug einen schwarzen Hut und einen englisch geschnittenen Mantel, beides zu jedem Bremer Wetter passend.

Außerdem trug er selbstverständlich einen Regenschirm in der Hand, aber keine Mappe. Herren dieses Schlages tragen keine Mappen. Das tun andere für sie.

Der Herr beschäftigte sich, darüber bestand kein Zweifel, mit wichtigen Gedanken. Vielleicht verglich er irgendwelche Börsenkurse miteinander. Man kann sich ja als einfacher Bürger nicht in die Gedankenwelt solcher Herren hineinfinden. Und das soll man ja auch gar nicht.

Etwa in der Mitte des Marktplatzes, just auf dem Hanseatenkreuz, verharrte der vornehme Herr.

Er griff in die rechte Tasche seines englisch geschnittenen Mantels und entnahm ihr ein unscheinbares Päckchen, bestehend aus Pergamentpapier.

Und aus diesem Päckchen wickelte er eine Scheibe Schweizer Käse, die er ungeniert in den Mund steckte und mit großem Behagen verspeiste.

Und so knabberte die Zukunft in den 1960er Jahren auch in den höheren Kreisen der Stadt an der bremischen Lebensart.

Wein oder Aktien

In der Blütezeit der Aktienkäufe Ende des 20. Jahrhunderts hatte sich ein Bremer Weinimporteur dazu hinreißen lassen, ein paar Aktien zu kaufen, die prompt in schwindelnde Tiefen abstürzten, um dann allerdings in ebenso schwindelnde Höhen emporzuschießen.

Der Weinimporteur, im Umgang mit Börsennachrichten unerfahren, erkundigte sich bei seinem Bankberater, ob er richtig gelesen habe. Als der dieses bestätigte, verkaufte der Weinimporteur von einer Sekunde zur anderen sein gesamtes Aktienpaket.

»So«, sagte er zu seinem Bankberater, noch ganz unter dem Eindruck der seine Nerven stark beanspruchten schwankenden Aktienkurse. »Das soll es denn wohl gewesen sein und gewonnen habe ich dabei dschja auch. Aber das Geschäft mit Weinen ist mir lieber. Weine werden von mir gekauft und mit Gewinn verkauft. Und wenn ich Lust habe, trinke ich den einen oder anderen selber.« Und er fügte hinzu: »Machen Se das mal mit Aktien.«

Nicht mehr im Amt

Kastendiek hat dieser Tage ohne weitere Umstände mit einem Herrn gesprochen, zu dem er vor etwa einem Jahr nicht ohne Einschaltung von zwei Sekretärinnen und als Lückenbüßer zwischen wichtigen Terminen vorgedrungen wäre. Dabei hätte der Herr während des Gespräches unentwegt auf seine Armbanduhr geguckt und offenbar die Sekunden gezählt.

Sie werden es erraten haben, der Herr, mit dem sich Kastendiek ganz locker unterhalten konnte, war ein Pensionär. Der hatte auf der Karriereleiter ein hohes Niveau erreicht, um dann allerdings mit 65 Jahren in unermessliche Tiefen zu stürzen.

Nun gut, der Herr hatte sich klug auf den Sturz vorbereitet. Er wusste, dass er nach der Pensionierung keinen Dienstwagen mit Chauffeur mehr beanspruchen konnte, dass ihm kein behördlich finanziertes Büro mehr zur Verfügung stehen werde und dass er seine Post künftig selbst in den Briefkasten werfen müsse, was ihm dadurch erleichtert wird, dass er die Briefmarken nicht mehr abschlecken muss. Inzwischen gibt es ja selbstklebende Marken.

Was er aber nicht bedacht hatte, war die bedauerliche Tatsache, dass er seine beiden Sekretärinnen nicht mit in den Ruhestand nehmen konnte. Sie wurden noch im Amt gebraucht.

Aufgefallen war es ihm zunächst dadurch, dass sein häuslicher Schreibtisch, den er vorher nie gebraucht hatte, morgens genauso unaufgeräumt war, wie er ihn abends verlassen hatte. Er musste seine Briefe selbst schreiben und seine Termine gerieten durcheinander, so dass sein Zahnarzt morgens um acht vergeblich auf ihn wartete, während gleichzeitig seine sehr alte Schwiegermutter über seinen unangemessen frühen Besuch staunte.

Seine größte Überraschung aber war die, dass sein Nachfolger im Amt überhaupt keine Zeit für ihn hat. Wenn er ihn tatsächlich mal empfängt, geht das nur über zwei Sekretärinnen und als Lückenbüßer zwischen zwei wichtigen Terminen. Der Nachfolger im Amt bittet ihn nicht etwa um Ratschläge. Er sitzt nur da, guckt unentwegt auf seine Armbanduhr und scheint die Sekunden zu zählen.

Ein unmöglicher Mensch!

Alltag in der Hansestadt

Einzelgänger

Es war noch in den Zeiten der Vollbeschäftigung.

Da fiel er auf.

Nicht im Winter.

Da war er unsichtbar. Er hatte wohl ein Heimrecht in einem warmen Zimmer, wo ihm jemand einen Teller Erbsensuppe hinstellte oder Bohnen mit Speck und 'ne Tasse Kaffee.

Im Frühling, Sommer und Herbst aber stand er tagaus, tagein am Geländer der Großen Weserbrücke, hielt die Augen geschlossen und wandte sein Gesicht der Sonne zu.

Am Geländer der Großen Weserbrücke war sein Stammplatz. Stundenlang stand er da, rückte nicht vom Fleck und manchmal rauchte er eine Pfeife. Das war eine alte Stummelpfeife mit einem stinkenden Knaster.

Der Mann trug einen verschlissenen Anzug, einen viel zu weiten Mantel und einen wettergegerbten Elbsailer.

Außerdem war sein runzeliges Gesicht hinter langen Bartstoppeln verborgen.

Er stand - Einzelgänger durch und durch - unbekümmert inmitten des Verkehrs, der über die Brücke rollte. Straßenbahnen, Autos, Fahrräder. Na ja, und Fußgänger gab es damals ja auch noch in erheblicher Zahl, doch die rollten nicht, die gingen - aber flott weg. »Kein' Zeit, kein' Zeit!«

Die Frau mit der Einkaufstasche betrachtete den ruhenden Pol auf der Großen Weserbrücke mit einem leichten Kopfschütteln.

Sie sagte zu ihren Begleiter: »Der steht hier dauernd. Und wenn du mich frachst: Der sollte lieber arbeiten!«

Jedoch nach einer Weile fügte sie hinzu: »Aber zu beneiden is der dscha auch!«

Badewanne

Es war in den 1960er Jahren, als es unter kultivierten Menschen noch nicht üblich war, sich mindestens dreimal am Tag zum Händewaschen unter die Dusche zu stellen. Auch gehörten Badewannen nicht zwangsläufig in einen geordneten Haushalt.

In dieser Zeit geschah es, dass sich Herr Bernhard Katenkamp, seines Zeichens Prokurist bei einem angesehenen Bremer Schiffsmakler, Gedanken darüber machte, wie oft man sich als Mensch, der Wert auf zumindest äußere Sauberkeit legt, am Tage wasche.

Und weil Herrn Katenkamp diese Frage – für ihn völlig ungewöhnlich – während der Dienstzeit in den Kopf schoss, fragte er Herrn Müller, der in der Hierarchie der Maklerei hinter ihm rangierte, aus Gründen der Übersichtlichkeit im Kontor aber vor ihm saß: »Müller«, fragte Katenkamp, »wie oft wäscht man sich eigentlich am Tag?«

Müller, der das zunächst persönlich nahm, beschnupperte seine linke Achsel, von wo aus ihm aber nichts Anstößiges entgegenströmte.

Infolgedessen fragte Müller: »Warum?«

»Ach, nur so«, meinte Katenkamp. »Ich mache mir darüber gerade mal meine Gedanken.«

»Dscha«, meinte Müller. »Also, was ich bin, mindestens zweimal am Tag. Die Hände natürlich häufiger.«

»Das würde ich auch so sagen«, meinte Katenkamp. »Und wie oft steigt man in die Badewanne?«

»Einmal in der Woche sonnabends«, meinte Müller.

»Ha'm Se eintlich 'n Badewanne in Ihrer Wohnung?«, fragte Katenkamp.

Müller nickte. »Ich wohn dscha inner Neuen Vahr«, sagte er zu seiner Entschuldigung.

»Da sind Sie fein raus«, sagte Katenkamp. »In unserm alten Haus in Gröpelingen ha'm wir noch keine Badezimmer. Und nun stellen Se sich mal vor, was mir passiert ist. Ich klemme mir dieser Tage ein zusammengerolltes Handtuch unter den Arm, setze meinen Hut auf und begebe mich ins Ohlenhofbad, um mich dort in einer Badewanne abzuschruppen. Ich geh da also hin und was meinen Sie: Das Ohlenhofbad is geschlossen. Also, es ist nich jeden Tag geschlossen. Aber sonnabends.«

Katenkamp machte eine kleine Kunstpause, um die Ungeheuerlichkeit dieser Tatsache auf Müller wirken zu lassen.

Dann fuhr er fort: »Ausgerechnet sonnabends kann man im Ohlenhofbad nicht baden. Da frage ich Sie wirklich, Müller, was nützt die beste Badewanne, wenn es einem ordentlichen Menschen verwehrt ist, am Sonnabend hineinzusteigen. Und ich frag Sie: Wann soll er denn sonst?«

Häuslicher Schaden

»Ruf mal an«, sagte Frau Hasbergen zu ihrem Mann, und der nahm schicksalsgewöhnt den Hörer ab und wählte.

»Hallo!«, rief Herr Hasbergen.

Hallo war in diesem Falle eine Elektrofirma, die unter anderem auch mit Waschmaschinen handelte.

Die Firma, die zu jener Zeit noch einen deutschen Namen trug, der aber für diese Geschichte nichts zur Sache tut, wurde am Telefon durch eine angenehme Damenstimme vertreten.

Die Dame fragte: »Was kann ich für Sie tun?«

Herr Hasbergen sagte: »Sie haben uns vor einiger Zeit eine Waschmaschine geliefert und nun ist an dieser Waschmaschine die obere rechte Deckelhalterung gebrochen.«

»Die was?«, frage die angenehme Damenstimme.

»Die obere«, Herr Hasbergen sprach sehr akzentuiert, »rechte Dek-kel-hal-te-rung.«

»Aha«, signalisierte die Dame, dass Herr Hasbergen ihr Begriffsvermögen erreicht hatte.

Sie sagte: »Wir kommen mal vorbei.«

»Mal?«, fragte Herr Hasbergen. »Liebe Dame, es handelt sich um unsere Waschmaschine.«

»Wir kommen vorbei«, versprach die Dame am anderen Ende der Leitung.

Nach acht Tagen klingelte es bei Hasbergens an der Tür. Es war ein Mitarbeiter der Waschmaschinenfirma. Er tippte mit dem rechten Zeigefinger an seine Mütze und sage: »Tach, ich komme wegen der Waschmaschine.«

Er wurde hereingebeten, besah sich den Schaden an der Waschmaschine und teilte Frau und Herrn Hasbergen mit: »Da ist die obere rechte Deckelhalterung gebrochen.«

Herr Hasbergen sagte: »Ich sagte es Ihnen bereits.«

»Mir?«, fragte verwundert der Mitarbeiter der Waschmaschinenfirma.

»Na ja, Ihnen nicht, einer ihrer Kolleginnen.

»Mir nicht!«, ließ sich der Mann von der Waschmaschinenfirma noch einmal vernehmen, um Missverständnisse von vornherein auszuschalten.

Danach fuhr er fort: »Dscha! Wissen Sie, das muss repariert werden.«

»Dachte ich mir«, antwortete Herr Hasbergen, froh darüber, dass nun auch ein Fachmann zu dieser Erkenntnis gekommen war. Er sagte: »Na, dann fangen Sie man gleich an.«

Der andere guckte etwas verstört.

»Anfangen?«, fragte er. »Wer? Ich? Lieber Herr, ich habe gar keine Ersatzteile da. Am besten, Sie rufen nächste Woche noch einmal an, damit wir einen Termin machen können.«

Herr Hasbergen rief in der nächsten Woche noch einmal an und sagte: »An unserer Waschmaschine ist die obere rechte Deckelhalterung gebrochen, könnten Sie wohl ...«

»Geht in Ordnung«, sagte am anderen Ende ein offenbar kompetenter Herr.

Drei Tage später stand wieder einer von der Firma vor der Tür. Es war nicht der vom vorigen Mal.

Er besah sich den Schaden und gab sein Erstaunen zu erkennen.

»Nee, so was«, rief er und musste schallend lachen. »Jetzt habe ich doch tatsächlich die obere linke Deckelhaltung mitgebracht und damit kann ich natürlich nichts anfangen, denn es ist ja die obere rechte Deckelhalterung gebrochen.«

Doch tröstend schlug er Herrn Hasbergen vor: »Wissen Sie was? Rufen Sie einfach in der nächsten Woche noch mal an. Dann manchen wir einen neuen Termin.«

Helfer

Es war in den Zeiten der Vollbeschäftigung, als sich Herr Alfred Grotherr vor die Frage gestellt sah, was ein Helfer sei.

Es gab jedenfalls einen aktuellen Anlass für ihn, sich darüber Gedanken zu machen.

Also, an einem Mittwochmorgen kam ein bestellter Elektriker zu Grotherrs, die in der Neustadt wohnten, um, bitte schön, so freundlich zu sein, eine Lampe aufzuhängen.

Und dieser Elektriker brachte einen Helfer mit.

Diesem Helfer sagte er, nachdem er ausgemessen hatte, wo und wie die Lampe hängen sollte: »Geh doch mal runner zum Wagen und hol Schrauben. Aber nich so kleine«, er zeigte, wie klein die Schrauben nicht sein sollten, »sonnern etwas größere.«

Der Helfer ging los, kam nach sieben oder acht Minuten wieder hoch, währenddessen der Elektriker, ein freundlicher Mensch, die Stelle von allen Seiten begutachtet hatte, wo die Lampe hängen sollte.

»Na?«, fragte der Elektriker. »Hasse?«

»Ich hab doch die Wagenschlüssel nich mit«, sagte der Helfer.

Der Elektriker zog ein Gesicht, dem zu entnehmen war, dass er seinen Helfer schon seit geraumer Zeit im Verdacht hatte, nicht eben ein Kirchenlicht zu sein.

Der Elektriker ging also selbst, holte die etwas größeren Schrauben und brachte anschließend die Lampe an.

Derweil stand der Helfer und guckte, nicht etwa auf den Elektriker und auf dessen Arbeit, sondern einfach nur so, wie einer guckt, dem die ganze Welt ziemlich egal ist.

Gegen Ende seiner Arbeit bemerkte der Elektriker, dass ihm Klemmen fehlten, die für die endgültige Lösung seiner Aufgabe aber wichtig waren.

»Hol mal die Klemmen«, sagte er zu seinem Helfer.

Der zuckelte los, kam nach zehn Minuten zurück und sagte kurz und bündig: »Keine da.«

»Da müssen aber welche sein«, sagte der Elektriker.

»Sind aber nich!«

So redeten sie eine Weile hin und her.

Schließlich ging der Elektriker selbst, kam, ruckzuck, wieder hoch, hielt die Klemmen in der Hand und zeigte sie dem Helfer. »Hier sind se«, sagte er.

Der Helfer aber machte – so dass es der Elektriker nicht sah – eine Handbewegung, aus der hervorging, dass er den Elektriker sowieso für einen hielt, der nicht richtig tickt.

Das war also, nach Herrn Grotherrs Beobachtung, ein Helfer.

Das Bemerkenswerteste an so einem Helfer aber ist, was Herr Grotherr zur Zeit des Geschehens noch nicht wusste:

Einige Tage später, als Herr Grotherr schon gar nicht mehr an den Helfer dachte, stand er mit einem Male vor ihm: auf der Rechnung des Elektrikers an Herrn Grotherr.

»Helfer«, stand da, »sechs Mark.«

Umzu

»Na, Herr Bielefeld, haben Sie uns denn gefunden, trotz der großen Baustelle in unserer Straße?«, fragte Frau Dr. Hoffmann den Klempner Anton Bielefeld, der seit dschahrenden für die sanitäre Ordnung im Hause Hoffmann zuständig war.

»Och«, meinte Bielefeld. »Ich bin da einfach umzu gefahren.«

Frau Dr. Hoffmann zuckte ein bisschen zusammen.

Dann meinte sie: »So, so, na ja, Herr Bielefeld, ich will Ihnen ja nicht zu nahe treten, aber das Wort ›umzu‹ gehört nicht gerade zu den feinen Ausdrücken. Genau genommen ist es schlechtes Deutsch.«

Bielefeld nahm den Hinweis gelassen auf.

»Wenn das so is«, meinte er, »dann fahr ich das nächste Mal da nich umzu.«

Zu spät zur eigenen Beerdigung

Ein Bürger aus Bremen-Nord, dessen Namen wir aus Gründen der Pietät verschweigen wollen, hatte sich sein Leben lang eine Reise nach Neuseeland gewünscht. Zumal eine seiner Tanten, die Elsbeth hieß, nach dorthin ausgewandert war und stets Briefe des Inhalts schrieb, dass über die Schönheit ihrer neuen Heimat und über das Glück, dort leben zu dürfen, so gut wie gar nichts komme.

»Nichts gegen die Weser bei Rönnebeck«, pflegte Tante Elsbeth zu schreiben. »Aber Neuseeland ist tausendmal schöner.«

Tante Elsbeth hatte es mit Tatkraft und Fleiß im Laufe ihres beruflichen Lebens zu einem Vermögen gebracht, das ihr im Alter ein sorgloses Leben bescherte.

Sie war inzwischen 92 Jahre alt geworden und schickte ihrem Neffen, der auch schon 73 Jahre alt war, eines Tages die erforderlichen Tickets, versehen mit der Einladung, zusammen mit seiner Frau ein paar Wochen in ihrem Hause in Neuseeland zu verbringen. »Fremdenzimmer habe ich genug!«

Diese Einleitung ist notwendig, um das Folgende zu verstehen.

Der 73-jährige Neffe und seine Frau, die in nicht gerade bescheidenen, aber auch nicht allzu üppigen Verhältnissen lebten, nahmen die Einladung und die Tickets mit Dank an, packten ihre Koffer und machten sich auf den Weg zum Bremer Flughafen, der ersten Station einer langen Reise.

Sie erreichten Tante Elsbeth, wurden von ihr mit großer Freude aufgenommen und gleich am ersten Tag fürstlich bewirtet.

Die Anstrengungen der Reise und die fürstliche Bewirtung, verbunden mit dem Klimawechsel und der Zeitverschiebung, musste aber doch wohl für den 73-jährigen Neffen etwas anstrengend gewesen sein. Denn am dritten Tage seines Aufenthaltes in Neuseeland legte er sich mit leichten Erschöpfungszuständen ins Bett und am fünften Tag war er tot.

Wir wollen jetzt nicht im Einzelnen erörtern, welche Formalitäten notwendig sind, wenn ein Mensch im Ausland stirbt.

Jedenfalls fand die 92-jährige Tante Elsbeth nach einer kleinen Schrecksekunde zu ihrer alten Tatkraft zurück.

Sie sagte zu ihrer angeheirateten Nichte: »Paula«, sagte sie, »die Formalitäten hier im Land übernehme ich. Mach dir also keine Gedanken. Setz dich ins Flugzeug, flieg zurück nach Deutschland und bereite dort die erforderlichen Schritte vor, die zu einer anständigen Beerdigung notwendig sind. Denn er soll ja doch in heimatlicher Erde begraben werden.«

Das war auch Paulas Ansicht.

Sie schied – nicht ohne Wehmut – von Tante Elsbeth und reiste zurück nach Bremen, wo sie sofort alle notwendigen Schritte tat, die zu einer angemessen Trauerfeier mit anschließender Beerdigung führen sollten.

Wie sie durch Tante Elsbeth per Telegramm erfuhr, waren die sterblichen Überreste ihres Gatten bereits auf dem Weg nach Deutschland, so dass sie in der Traueranzeige, veröffentlicht in der Norddeutschen, bereits den genauen Termin für die Beisetzung nennen konnte.

Dieser Termin aber rückte näher und näher, was man allerdings von den sterblichen Überresten des 73-jährigen nicht behaupten konnte – ja, trotz vieler Telegramme hin und her, der Tote blieb verschollen.

Der Tag der Beerdigung war gekommen, der Pastor auch, ebenso viele, viele Freunde, Verwandte und Neugierige natürlich, die Abschied nehmen wollten.

Aber es war kein Sarg da.

Der Pastor, ein geistesgegenwärtiger Mann, teilte der Versammlung das Geschehene mit und begann mit seiner Predigt, die sehr gut war. Er gab der nicht vorhandenen Leiche seinen Segen, beendete die Trauerfeier und vertröstete die Witwe auf einen späteren Termin für die Beisetzung.

Die Versammlung löste sich auf und in diesem Moment fuhr ein Leichenwagen vor. Der brachte die Leiche des 73-jährigen.

In den folgenden Jahren wurde sein Name stets mit dem Zusatz genannt: »Das war der, der zu spät zu seiner eigenen Beerdigung gekommen ist.«

Reichlich Trost

Ein alter »Neptun«-Kapitän, der so manche kritische Situation auf See über sich hatte ergehen lassen müssen, lag im Sterben und das ausgerechnet zu Hause.

Seine Frau holte den Pastor und als der in die Kammer trat, bemerkte er auf dem Nachttisch eine Buddel Rum.

Er guckte etwas unwirsch und fragte den Kapitän: »Sagen Sie mal, ist das Ihr einziger Trost in dieser schweren Stunde?«

Der Kapitän wusste zunächst gar nicht, was er dazu sagen sollte.

Schwere Stunde? Trost?

Dann fiel bei ihm der Groschen.

»Ach so«, sagte er. »Nee, Herr Paster, das is nich mein einziger Trost. Ich hab noch 'n paar Flaschen im Keller stehen.«

Eigenwillige Umbettung

Es ging also um einen Bremer, Jahrzehnte ist es her, der war Lokomotivführer mit einer leidenschaftlichen Schwäche für Schiffe. Dabei handelte es sich nicht um Überseeschiffe. Der Bremer, der übrigens Arthur hieß, war schon mit einem Paddelboot zufrieden.

Das Boot lag an der Wümme in Lilienthal und wann immer er Zeit hatte – er ging an Bord und paddelte so büschen vor sich hin.

Leider hatte Arthur ein Problem. Er konnte nämlich nicht schwimmen.

Als Lokomotivführer brauchte er das ja auch nicht, als Paddler war das schon was anneres.

Und wie das so läuft, eines Abends, kein Mensch in der Nähe, fiel Arthur von Bord seines Paddelbootes und ward nicht mehr gesehen.

Am nächsten Tag fand der Fährmann von der »Schleuse« das Boot – ohne Arthur, und ein mulmiges Gefühl kroch in ihm hoch.

Er meldete den Fund und ging davon aus, dass alles ordnungsgemäß verlaufen werde.

Ein paar Tage später entdeckte er jedoch mit Entsetzen, dass Arthur, inzwischen völlig tot, durch die Tide an seinen auf der Lilienthaler Seite gelegenen Schiffsanleger getrieben worden war.

Der Fährmann, ein junger Kerl, regte sich darüber natürlich furchtbar auf und fragte den damals schon älteren, inzwischen längst gestorbenen, doch immer noch in der Erinnerung seiner Zeitgenossen höchst lebendigen Onkel Fidi: »Mensch, Onkel Fidi, wat schall ick denn blot moken?«

Und Onkel Fidi entschied ohne zu zögern. »Dor gifft nur eens, de Kerl mutt nor de annere Siet!«

Und während Onkel Fidi schnell entschlossen das Boot des Fährmannes losmachte und Arthur in Schlepp nahm, begriff der Fährmann, in Sachen von Umbettungen aller Art etwas naiv, immer noch nicht den höheren Sinn eines solchen Manövers.

Er fragte: »Mensch, Onkel Fidi, wat schall dat denn?«

»Frach nich so dösig«, meinte Onkel Fidi. »Wenn Arthur up de annere Siet funnen ward, denn hefft die Bremer jim an'n Hals!« Und beiläufig meinte er: »Dor kummt he jo ok her.«

Blumen begießen

Von einem an sich sehr pflichtbewussten Küster in Bremen – aus Gründen des Anstandes wollen wir uns auf diese etwas allgemein gehaltene Ortsangabe beschränken – wird berichtet, dass er zum Leidwesen seines Herrn Pastors dem Branntwein in besonderer Liebe verbunden war.

Einmal besuchte ihn der geistliche Herr schon am frühen Morgen etwas unerwartet und, wie man sich denken kann, aus dienstlichen Gründen in seiner Wohnung.

Der Küster saß am Frühstückstisch unter anderem vor einem großen Glas mit einer klaren Flüssigkeit.

Der Pastor betrachtete erst das Glas und anschließend den Küster.

Er schüttelte den Kopf und meinte voller Ekel: »Sie soll'n sich schämen, am frühen Morgen schon Branntwein zu trinken.«

Der Küster zog ein unschuldiges Gesicht. Es sah fast so aus, als habe er gar nicht begriffen, was der Pastor von ihm wollte.

Dann aber bemerkte er den Blick des Pastors auf das Glas.

Er sagte: »Och so, Herr Pastor, Sie meinen das Glas. Gut, dass Sie mich daran erinnern. Das hatte ich ganz vergessen!«

Er nahm es und sprach: »Das is kein Branntwein, das is klares Wasser. Ich wollt' dscha bloß die Blumen damit begießen.«

Mit diesen Worten stand er auf und kippte den Inhalt des Glases in den Blumenkasten, in dem seine Frau Geranien zog.

Er soll hinterher den lieben Gott inständig gebeten haben, ihm diesen sündhaften Umgang mit dem kostbaren Branntwein zu verzeihen und die unschuldigen Geranien vor den schlimmen Folgen des Alkoholgenusses zu bewahren.

Grün

Heinrich Stockmann, der das Einkaufen im Allgemeinen seiner Frau überließ - die konnte das besser als er - war durch eine unerklärbare Fügung auf den Findorffmarkt geraten und hatte am Stand einer Bäuerin grüne Eier gesehen.

Zunächst glaubte er ja an eine Fata Morgana oder so was.

Dann ging er aber doch an den Stand und fragte: »Was sind das denn für Eier?«

»Das sind ganz normale Eier«, antwortete die Bäuerin. »Die sind nur grün.«

»Und wie schmecken die?«

»Wie Eier«, sagte die Bäuerin, und sie fügte hinzu: »Außerdem sollen die grünen Eier nich so viel Cholesterin enthalten wie zum Beispiel weiße Eier. Und ein hoher Cholesterinspiegel im Blut älterer Leute ...«, und dabei guckte sie Heinrich Stockmann durchdringend an, » ... kann zu Arterienverkalkung führen.«

Und nach dieser medizinischen Belehrung sagte sie: »Grüne Eier sind gesund!«

Heinrich Stockmann kaufte daraufhin zwei Dutzend grüne Eier, und beim Bezahlen sagte er: »Grün is die Hoffnung!«

Auf der falschen Beerdigung

Ob das nun in Aumund war oder in Blumenthal, es kann auch in Lesum gewesen sein. Jedenfalls war es in Bremen-Nord.

Ein Mitbürger namens Jan, dessen Nachnamen wir höflich verschweigen wollen, war gestorben – nach kurzer, wenn auch schwerer Krankheit.

Und da er im Ort sehr bekannt war, in allen möglichen Vereinen im Vorstand gesessen und an mehreren Stammtischen das große Wort geführt hatte, gab es eine entsprechend große Beerdigung, wie das so üblich ist.

Die Kirche jedenfalls war bis auf den letzten Platz belegt.

Der Pastor war wohl der Einzige in der Kirche, der Jan aus naheliegenden Gründen so gut wie gar nicht kannte, denn Jan hatte sich in der Kirche nie sehen lassen.

Aus diesem Grund war der Pastor von den Angehörigen mit den notwendigen und aus Pietät etwas verschönten Lebensdaten Jans versorgt worden, damit er Jan mit einer würdigen Rede von dieser Welt verabschieden konnte.

Insoweit war ja auch alles in Ordnung.

Die Totenfeier begann mit einem lauten und wohltönenden Orgelspiel. Der Pastor setzte zu seiner Rede an, und die Gemeinde hörte zu, wie es sich gehört.

Doch plötzlich vernahm man in der Mitte des Kirchenschiffs ein unwilliges Gemurmel und Gebrummel. Es folgte ein Füßescharren. Und einer der Teilnehmer an der Trauerfeier erhob sich und sprach sehr laut in Richtung des Pastors:

»Jetzt reicht's aber. So viel Schwindeleien über einen Toten habe ich noch nie gehört. Wenn Jan, der jedenfalls immer ein ehrlich Kerl gewesen ist, das hören könnte, der würde glauben, er sei auf einer falschen Beerdigung.«

Damit verließ der Protestierer die Kirche, nicht ohne die Kirchentür laut hinter sich zuzuschlagen.

Merkwürdige Reaktion

Es passierte Herrn Dietrich Sehlbrede, dass er – mit seinen Gedanken fernab der Realität, sagen wir mal auf der Insel Capri in der Bar Tiberio an der Piazza Umberto I. bei einem Drink sitzend –, dass er also mitten in der Stadt Bremen und ohne besondere Not mit seinem Auto das Heck eines anderen Autos rammte.

Das war nun, wie jeder Autofahrer weiß, eine unangenehme Situation. Denn man muss ja immer davon ausgehen, dass einer in dem gerammten Wagen sitzt, der eine Schramme an seinem Auto, und sei sie noch so klein, als eine persönliche Kränkung empfindet.

So rechnete denn auch Herr Sehlbrede, der eben noch in Gedanken einen Drink in der Bar Tiberia auf Capri genossen hatte, mit einem wie ein Rumpelstilzchen aus seinem Auto springenden Kontrahenten, der – Schaum vor dem Mund – mit Polizei, Feuerwehr und Staatsanwalt drohte. Ach was, Staatsanwalt? Generalstaatsanwalt!

Er war ganz erstaunt, als sich der andere, dessen Wagen er geknufft hatte, gar nicht rührte, sondern einfach in seinem Auto sitzen blieb.

Daraufhin verließ Herr Sehlbrede sein Auto, was möglich war, denn beide Autos standen an einer rot geschalteten Ampel.

Er rannte nach vorn, pochte an die Scheibe des angeknufften Autos und rief: »Mein Herr, ich habe Ihren Wagen gerammt!«

Der andere ließ die Scheibe herunter und sagte ungerührt: »Na, und?«

»Ja, Menschenskind! Wollen Sie sich den Schaden denn nicht ansehen. Es ist nicht viel. Aber eine Delle in der Stoßstange ist es allemal.«

»Das war schon«, sagte der andere und lächelte.

Und weil die Ampel Grün zeigte, gab der Kerl Gas und – verschwand.

Diedrich Sehlbrede stand etwas verdattert. Dann setzte er sich hinter das Steuer seines Autos und dachte: »Dascha 'n Ding! Und erzählen kannst das auch nich. Glaubt kein Mensch.«

Eine Bekanntschaft wird aufgefrischt

Zwei Damen sitzen einander in der Straßenbahn gegenüber.

Die eine Dame, die einen grünen Hut trägt, mustert die andere und fragt: »Kennen wir uns nich?«

»Nich dass ich wüsste«, sagt die andere etwas zurückhaltend.

»Aber Sie kommen mir bekannt vor.«

»Das ist nix Ungewöhnliches«, sagt die andere. »Ich werde dauernd angesprochen von Leuten, die mich zu kennen glauben.«

»Merkwürdig«, sagt die Dame mit dem Hut. »Ich hätte gedacht, dass wir einander kennen.«

»Tut mir leid.«

»Das braucht Ihnen nich leidzutun. Ich habe mich einfach geirrt. Sie sehen tatsächlich aus wie eine Dame, die Frau Meyer heißt.«

»Dascha komisch«, sagt die andere. »Ich heiße Frau Meyer.«

Frau Meyer überlegt und sagt: »Dann müsste ich Sie doch auch kennen.«

»Eigentlich ja! Wir haben mal an einer Kaffeetafel im Gemeindehaus in Borgfeld zusammengesessen.«

»Haben wir damals einander gegenüber oder nebeneinander gesessen?«

»Nebeneinander.«

Da sagt Frau Meyer: »Setzen Sie sich doch mal neben mich und gucken Sie geradeaus.«

Die Dame mit dem grünen Hut setzt sich neben Frau Meyer und guckt geradeaus.

Frau Meyer mustert das Profil der Dame mit Hut und sagt: »Sehen Sie, jetzt erkenne ich Sie auch. An ihrem Profil. Im Gemeindehaus in Borgfeld trugen Sie allerdings keinen grünen Hut.«

Bremen ist überall

Der Bremer Johann Papendiek kann hinreisen, wohin er will - Bremen ist immer schon da oder kommt gerade an.

Denken Sie nur an die Begegnung in der sächsischen Stadt Meißen.

Johann Papendiek schickte sich so gegen halb neun abends an, über den Marktplatz der sächsischen Stadt zu gehen, als ihm ein Auto entgegenkam.

Der Wagen hielt, und der Autofahrer fragte Papendiek: »Wo geht es denn hier zu der Weinstube Vincenz Richter?«

Papendiek, ganz Mann von Welt, gab Auskunft, denn er war gerade bei Vincenz Richter gewesen und hatte dort unter anderem einen Riesling aus Meißen getrunken - ganich schlecht.

Papendiek sagte zu dem Fremden: »Denn fahr'n Se mal umme Ecke. Gleich rechts beie Frauenkürche. Da is Vincenz Richter.«

Der Autofahrer stutzte.

»Sie sünd aber auch kein Sachse«, sagte er.

Papendiek sagte: »Nee!«

»Hab' ich mir gedacht«, sagte der andere und fuhr weiter.

Papendiek, im stolzen Bewusstsein, dass er sich überall auskennt, ging weiter, drehte sich aber noch einmal um und entdeckte, dass das Auto aus Bremen war.

Am nächsten Morgen bummelte er über den Meißner Flohmarkt am rechten Ufer der Elbe. Er blieb vor einem Kasten mit Ansichtskarten stehen, blätterte und hielt eine Ansichtskarte mit »Blick auf Bremen« in der Hand.

Sie stammte aus den dreißiger Jahren und war von einem Ottomar an die »liebe Else« geschickt worden.

Mittags aß er in einem Restaurant im Weinort Weinböhla bei Meißen. Am Nebentisch saßen waschechte Sachsen und eine ältere Dame erzählte, sie sei in der vorigen Woche von Bremerhaven aus nach Helgoland gefahren. Das Ausbooten und das Einbooten seien sehr lustig gewesen.

Papendiek wundert sich über derartige Begegnungen seit langem nicht mehr. Er kennt das schon.

Wenn er sich an der Hessischen Weinstraße, in Volkach am Main, in Berchtesgaden mit Blick auf den Watzmann oder im tiefsten Bayerischen Wald an einen Gasthaustisch setzt, weiß er schon, dass ihm gleich ein Bremer freundlich zulächelt. »Hallo, sünd Sie auch da?«

Oder dass einige Leute am Nebentisch über ihren letzten Besuch in Bremen plaudern - es regnete, aber der Roland sei sehr eindrucksvoll gewesen, die Bremer Stadtmusikanten ein bisschen klein und im Ratskeller habe es jedenfalls nicht geregnet.

Bremen ist allgegenwärtig, sogar angesichts des Kölner Doms, vor dessen Portal Papendiek einmal beinahe mit Herrn Tünnermann aus Schwachhausen zusammengestoßen wäre. Hätt' nich viel gefehlt.

Unter diesen Umständen fragt es sich, warum Papendiek überhaupt verreist.

Bremen hat er doch zu Hause.

»Ja«, sagt Papendiek. »Kannst wohl so sagen. Aber Tünnermann am Kölner Dom hast auch nich jeden Tach!«

Eislauf

Eislaufwetter ist ja heutzutage nicht mehr selbstverständlich. Im Winter nicht. Im Sommer schon gar nicht. Es sei denn, man geht in irgendeine Halle. Aber das ist für richtige Bremer Schlittschuhläufer Tüddelkram.

Früher, ja. Ganz früher. Da mussten sich die Bremer im Winter erst einmal ein Loch in die Eisblumenlandschaft des Fensters pusten, um nach draußen gucken zu können. Draußen war es frostig, dann wussten die Bremer, dass sie sich Schlittschuhe unterschnallen und die Hamme hinauf nach Neu-Helgoland in Worpswede schlittern konnten.

Oder sie glitten die Wümme hinauf, was aber nicht einfach war. Denn auf dem Weg nach Fischerhude oder nach Everinghausen ragten Stacheldrahtzäune aus dem Eis.

Einmal, das muss in den 1970er Jahren gewesen sein, die Zeit der Eisblumen an den Fenstern war längst vorbei, da liefen Bernd Engelmeyer und Friedrich Kastendiek über das Eis nach Everinghausen, und Bernd Engelmeyer sagte noch: »Pass auf, Fidi!« Aber da war das Malheur schon passiert.

Friedrich Kastendiek kam mit zerrissenen Hosen nach Hause. Danach durfte er nicht mehr auf die Wümme.

Der Verzicht fiel ihm nicht schwer. An der Hamme war es ohnehin spannender, weil es dort die Hütten gab, die für Schlittschuhläufer und damit auch für Friedrich Kastendiek einen zünftigen Grog brauten.

Aber wann ist Friedrich Kastendiek zum letzten Mal auf der Hamme gewesen – mit Schlittschuhen?

Das muss lange her sein.

Er meint, das war damals, als er kurz nach Melchers Hütte auf den Kopf gefallen ist. Seine liebe Frau meinte schon, dass er sich den Schädel gebrochen habe, was aber nur so klang.

Das aber möchte Friedrich Kastendiek nicht noch einmal hören. Nicht den Klang, sondern die vorwurfsvolle Stimme seiner Frau. Er hat seitdem keine Schlittschuhe mehr untergeschnallt.

Wozu auch?

Eis auf der Hamme gibt es schon lange nicht mehr. Und Grog schmeckt zur Not auch ohne Schlittschuhe unter den Füßen.

Pferdeäpfel

Pferdeäpfel in der Stadt kennt man heutzutage so gut wie gar nicht mehr. Es sei denn, man folgt einer Hochzeitskutsche. Aber wer macht so etwas schon!

Früher, ja, auch noch in den 1940er Jahren, als die Bauern mit Pferdewagen in die Stadt kamen, um Winterkartoffeln zu bringen, und auch die Müllwagen mit Pferden bespannt waren, lagen Pferdeäpfel pfundweise auf den Straßen.

Sie brauchten nur eingesammelt zu werden, was Leute, die einen Kleingarten besaßen, auch taten. Besseren Dünger gab es nicht. Und billig war er auch.

Und nun stellen Sie sich vor, Anfang des 21. Jahrhunderts: Ein älteres Ehepaar, nett anzusehen und korrekt gekleidet, spazierte durch den Bürgerpark.

Sie sagte: »Hörst du den Specht?«

Er aber war mit seinen Gedanken ganz woanders.

Er scherte plötzlich aus, holte eine Plastiktüte aus der Tasche, außerdem eine kleine Schaufel, trat auf den Reitweg, auf dem eben ein Reiter vorübergeritten war, und begann ...

... Pferdeäpfel in die Tüte zu füllen.

Bunker

Jahrzehntelang hatte Willem Seekamp die Bunker im Bremer Bürgerpark als lästige und hässliche Steh-im-Wege empfunden. Am besten, sagte er sich, guckt man da gar nich hin, dann braucht man sich auch nich über sie zu ärgern.

Dieses Spiel mit der bombenträchtigen Vergangenheit nahm ein überraschendes Ende, als Willem Seekamp mit seiner Frau Karin und ihren gemeinsamen Enkelkindern durch den Bürgerpark gingen, um den Enten »Guten Tag« zu sagen.

Als sie nämlich an einem der Bunker vorübergingen und Willem schon weggucken wollte, da kam die Frage: »Was ist das denn?«

»Was?«, fragte Willem Seekamp, um Zeit zu gewinnen.

»Das grüne Haus zwischen den Bäumen?«

»Das is 'n Bunker!«, antwortete Willem Seekamp.

»Ein Bunker? Kenn ich nich.«

Willem Seekamp holte 'n bisschen aus und begann: »Während des Krieges haben die Menschen in dem Bunker Schutz vor den Bomben gesucht. Wisst ihr, die Bomben fielen während des Krieges vom Himmel, und wer von einer Bombe getroffen wurde, der war tot.«

»Wollten wir nicht zu den Enten?«, fragte Karin Seekamp.

»Ja, ja, natürlich«, antwortete Willem Seekamp, der sich nun allerdings in Stimmung geredet hatte, wie das so ist, wenn man früher spricht.

Er sagte: »Man muss doch die Fragen der Kinder beantworten.«

»Warst du auch im Bunker?«, fragten die Kinder ihren Opa.

»Nicht in diesem Bunker«, erzählte Willem Seekamp. »Ich war in einem anderen.«

Und er begann ausführlich zu schildern, wie er als Kind mit vielen anderen Menschen in einem großen Bunker gesessen und auf die Bomben gewartet hatte. »Meistens allerdings«, sagte er, »gingen wir in den Luftschutzkeller. Das war kein Bunker, sondern ein Raum in unserem Keller und ...«

»Du brauchst das jetzt nicht so ausführlich zu erzählen«, sagte Karin Seekamp.

»Die Kinder haben ein Recht darauf, alles zu erfahren.«

Karin Seekamp wusste schon, was nun kam.

»Es wird sie nicht interessieren, auf welchem Stuhl du damals gesessen hast, als die Bomben fielen. Und dass Frau Quark, die immer so etepetete und sehr für sich war, auf die Knie gesunken ist und laut gebetet hat, als ein paar Häuser weiter eine Luftmine gefallen war. Und das Frau Klusmeyer aus der Lessingstraße ...«

Willem Seekamp bremste den Redefluss seiner Frau und meinte: »Brauchst ja nich zuzuhören, wenn ich mich mit den Kinnern angesichts eines hochinteressanten Hochbunkers über Zeitgeschichte unterhalten will. Guck mal«, sagte er, »man kann ja gar nicht früh genug damit anfangen. Vor allem dann nicht, wenn sich die Kinder für Zeitgeschichte interessieren.«

Er wandte sich an seine Enkelkinder und dozierte: »Manchmal haben wir nächtelang im Bunker gesessen und ...«

»Und die Enten?«, fragten die Kinder. »Habt ihr die auch im Bunker gefüttert?«

Fußballplätze

Heinrich Sehlbrede befindet sich in einer neuen Welt.

Seitdem seine beiden Enkelsöhne Bennie und Nick Fußballspieler geworden sind, lernt er ein Stück Bremen kennen, von dem er bisher kaum Notiz genommen hat. Es sind Bremer Fußballplätze.

Heinrich Sehlbrede weiß inzwischen, dass die Bratwurst auf der Anlage des FCO vorzüglich schmeckt und der Kaffee auf der Fußballanlage in Borgfeld, Hinter dem Großen Dinge, gut aufgebrüht ist, was man ja auch nicht anders erwarten kann. Denn die Familie Jacobs stammt aus Borgfeld.

Neulich hat ihm jemand aus der Gaststätte auf Platz 11 von Werder ein Bier mitgebracht. Sie glauben gar nicht, wie erfrischend ein Bier aus einem Plastikbecher schmecken kann.

Heinrich Sehlbrede unterhält sich mit wildfremden Damen und Herren über Tura und Komet, über Trainingsmethoden, von denen er selbst keine Ahnung hat, schimpft auf Schiedsrichter, weil seine Nachbarn auf sie schimpfen, und zieht zusammen mit anderen Herren ein ehrfurchtsvolles Gesicht, weil Horst Höttges gemütlich vorbeischaukelt.

»Eisenfuß!«, flüstert ein Herr, der sich noch an die Zeit erinnern kann, als Horst Höttges ein begnadeter Verteidiger von Werder Bremen war, vor dem die gegnerischen Stürmer gewaltigen Respekt hatten.

Heinrich Sehlbrede sieht den Tag schon kommen, da er dank seiner Enkelsöhne ein Fußfallexperte geworden ist, der mit den anderen Fans schreit: »Gib doch ab, Junge!« oder »Menschenskind, warum steht da keiner vorn?«

Und der sich mit dem gegnerischen Trainer ein Wortgefecht über Abseitsregeln liefert, obwohl sie für ihn böhmische Dörfer sind.

Auch freut er sich schon auf die Auswärtsspiele unter anderem in Melchiorshausen und in Schwanewede.

»Guck mal«, sagt er. »So kommt man doch rum inner Welt.«

Am erfreulichsten findet er es, dass die Fußballspiele, für die er sich interessiert, sogar im Euroland nichts kosten, obwohl sie für ihn genau so spannend sind wie die Bundesligaspiele. Manchmal sogar noch spannender!

In der Bundesliga spielen seine Enkel ja nicht.

Noch nicht!

Unbekannte Gefilde

Wer, wie Heinrich Sehlbrede, ein ganzes Leben in Bremen verbracht hat und immer noch dort lebt, nämlich im Ostertorviertel, darf davon ausgehen, dass er jeden Winkel in der Stadt kennt.

Nun gut, Bremen ist kein Dorf, aber doch eigentlich sehr übersichtlich.

Allerdings hatte er unlängst in der Neuen Vahr Süd zu tun, wo er tatsächlich noch nie gewesen war.

Heinrich Sehlbrede wusste zwar, dass die Neue Vahr Süd existiert. Er kannte auch den einen oder anderen Straßennamen. Damit hatte es sich dann aber auch.

Und so passierte es ihm, dass er die Straße, in der er verabredet war, zwar mit Namen kannte, aber sie nicht finden konnte.

Weit und breit war auch kein Mensch zu sehen, den er hätte fragen können. Entweder saßen die Leute im Auto oder in ihrer Wohnung.

Schließlich erwischte er eine Dame, die ihn aber gar nicht zu Worte kommen ließ.

Sie sagte ziemlich butt: »Ich hab' kein' Zeit. Ich muss nach Hause. Ich hab' Hunger.« Und schon war sie weg.

Danach aber sah Heinrich Sehlbrede ein Paar auf sich zukommen. Eine junge Weiße und ein ebenso junger Afrikaner.

»Na ja«, dachte Heinrich Sehlbrede. »Wenn nix Besseres kommt – fragen kost' nix.«

Er steuerte auf die beiden zu, wandte sich an die junge Dame und fragte nach dem Weg.

Die junge Dame aber sah hilfesuchend den jungen Afrikaner an.

Und der übernahm die Aufgabe, Heinrich Sehlbrede den Weg zu weisen.

Er sagte: »Da fahr'n Se erst mal geradeaus, dann nach links. Dann wieder geradeaus, bis zur vierten Straße links. Der Namen steht dran.«

Er sagte das freundlich und – so richtig bremisch.

Kommunikation

Mitte der 1950er Jahre sah ich sie zum letzten Mal: das Ehepaar Meyer, das im Übrigen wirklich so hieß. Herr Meyer wurde von allen Leuten, die ihn kannten, »Seppl« genannt, obwohl er ein waschechter Bremer war. Sie hieß allgemein - und selbst im engeren Bekanntenkreis - Frau Meyer.

Wenn Seppl Meyer und Frau Meyer spazieren gingen, immer sonntags zwischen Mittagessen und Kaffeetrinken, ging Seppl Meyer vorneweg und Frau Meyer hinterher - im Abstand von etwa zehn Metern.

Frau Meyer guckte in der Sögestraße oder in der Obernstraße in die Schaufenster. Wenn sie durch den Bürgerpark gingen, guckte Frau Meyer in die Natur. Frau Meyer liebte die Natur. Sie kannte jeden Baum.

Seppl Meyer guckte sich gar nichts an. Weder die Auslagen in den Schaufenstern, mit denen er nichts anfangen konnte, noch die Natur, mit der er noch weniger anfangen konnte. Ein Baum, zum Beispiel, war für Seppl Meyer nur ein Baum. Was gab es schon groß daran zu sehen?

Manchmal blieb Seppl Meyer abrupt stehen, weil Frau Meyer den Abstand von zehn Metern nicht eingehalten hatte - es waren fünfzehn Meter geworden.

Sobald sie aufgeholt hatte, ging Seppl Meyer dann weiter.

Seppl Meyer und Frau Meyer sind lange tot.

Doch jetzt habe ich sie wieder getroffen. Sie gingen im Bürgerpark spazieren.

Zugegeben, sie hatten sich ein bisschen verändert. Äußerlich hatten sie nichts gemein mit Seppl Meyer und Frau Meyer. Vermutlich hießen sie nicht einmal Meyer. Aber ihr Spaziergang lief gerade so ab wie damals der von Seppl Meyer und Frau Meyer.

Er ging voraus, guckte nicht nach links und nicht nach rechts.

Sie ging hinterher. In einem Abstand von zehn Metern und - redete.

Die neue Frau Meyer redete, was die alte Frau Meyer nie getan hatte. Die alte Frau Meyer war während des Spazierganges stets stumm wie ein Fisch. Die neue Frau Meyer nicht.

Im Gegenteil, sie redete aus zehn Metern Entfernung auf ihren Mann ein, ohne Punkt und Komma. Sie redete nicht laut, sondern ganz normal, als ginge ihr Mann neben ihr.

Und er ging voran und hörte nichts - konnte ja auch nichts hören. Wenn er sich umgewandt hätte, wäre ihm vielleicht ihr plapperndes Mundwerk aufgefallen. Aber er wandte sich nicht um, was er gemeinsam hatte mit Seppl Meyer.

Der Unterschied zwischen Seppl Meyer und Frau Meyer und den Meyers aus dem 21. Jahrhundert ist der:

Die neuen Meyers leben im Zeitalter der Kommunikation.

Richtig

Hermann Buddelmann gehört zu jenen, allerdings selten vorkommenden Radfahrern, die versuchen, sich stets korrekt im Straßenverkehr zu verhalten, um sich nicht selbst oder andere in Schwulitäten zu bringen. Manchmal gelingt es ihm. Manchmal aber auch nicht.

Dieser Tage nun fuhr Hermann Buddelmann auf dem rechten Fahrradweg der Leher Heerstraße in Richtung Lilienthaler Heerstraße - also korrekt, wie Sie der detaillierten Schilderung von Hermann Buddelmann entnehmen können.

Eine junge Radfahrerin kam ihm, wie das bei jungen Leuten so ist, verkehrswidrig entgegen und Hermann Buddelmann bemerkte, dass sie etwas unsicher über den weiteren Verlauf ihrer Fahrt an ihm vorbei war.

Sollte sie sich rechts halten oder sollte sie links an Hermann Buddelmann vorbeifahren?

Zunächst wollte sie wohl rechts, dann aber dachte sie an links. Und das Ganze artete in tüchtige Schlangenlinien aus.

Hermann Buddelmann wurde schier tüddelig. Er wusste nun auch nicht, wie er sich verhalten sollte, um einer Kollision mit der jungen Dame zu entgehen. Infolgedessen fuhr er ebenfalls in Schlangenlinien.

Und wie auf Kommando bremsten beide und stiegen ab. Buddelmann, der etwas sauer auf dieses unerwartete Bremsmanöver reagierte, fauchte die junge Dame mit den Worten an: »Wenn Sie schon falsch fahren, dann wenigstens richtig!«

Sonnenbräune

Frau Tünnermann, eine an sich bodenständige Dame, die aber von der Vorstellung geleitet wird, das Leben sei nur dann lebenswert, wenn man mindestens einmal im Jahr die Sonne der Kanaren auf sich einwirken lasse, erzählte Herrn Tünnermann beim Abendbrot, dass sie die Lebensgefährtin von Karl getroffen habe.

»Ah, ja«, sagte Herr Tünnermann, der mit dieser nicht gerade sensationellen Nachricht so gut wie gar nichts anfangen konnte.

Frau Tünnermann aber war mit ihrer Mitteilung noch nicht fertig. »Stell dir vor«, sagte sie zu Herrn Tünnermann. »Karls Lebensgefährtin war von der Sonne gebräunt, als sei sie mindestens vierzehn Tage auf den Kanarischen Inseln gewesen.«

»Und, war sie's?«, fragte Herr Tünnermann, der Karls Lebensgefährtin als eine unternehmungslustige Person kannte.

»Das habe ich sie gefragt«, berichtete Frau Tünnermann. »Meine Liebe, sie sehen ja fantastisch aus. Von der Sonne verwöhnt. Wo sind Sie denn gewesen?«

»Und – was hat sie geantwortet«, fragte Herr Tünnermann, der sich nun langsam auch für diesen besonderen Fall interessierte.

»Weißt du, was sie gesagt hat?«

»Eben nicht«, sagte Herr Tünnermann.

Frau Tünnermann musste tief Luft holen, ehe sie ihren Bericht zu Ende brachte: »Sie war mit dem Fahrrad unterwegs – und immer nur in Bremen.«

Ohne Auto

Tünnermann geht zu Fuß zum Stammtisch. Und als er eben die Kneipe ansteuert, kommt ihm sein Stammtischbruder Karl Wohltjen entgegen, der eben aus seinem Auto gestiegen ist und sich mit einem liebevollen Blick von ihm verabschiedet.

Wohltjen fragt: »Mensch, Tünnermann, was ist denn mit dir los? Ohne Auto?«

»Das hab' ich verkauft!«, sagt Tünnermann.

»Krist 'n neues?«, will Wohltjen wissen.

»Nee, ich will kein Auto mehr haben.«

»Geht das denn?«, fragt Wohltjen.

Tünnermann meint: »Geht einklich ganz gut. Also, ich vermisse das Auto überhaupt nich.«

»Wenn ich ehrlich sein soll«, meint Karl Wohltjen, »hätte ich auch Lust, die Karre abzuschaffen. Allein schon die Kosten.«

Karl Wohltjen ist ganz voll von Tünnermann ohne Auto. Brühwarm erzählt er es den anderen Stammtischbrüdern.

»Stellt euch vor«, sagt er, »Tünnermann hat kein Auto mehr.«

»Ganich schlecht«, meldet sich Jürgen Martens. Wenn ich könnte, würde ich das auch machen.«

»Und wieso kannst das nicht?«, fragt Tünnermann.

»Ich muss doch jede Woche mit meiner Schwiegermudder zum Friedhof. Und meine Schwiegermudder is nicht mehr gut zu Fuß.«

»Ja, so ganz einfach is das nich«, gibt Jens Schmalfeld zu bedenken: »Wenn ich dran denke, wie ich die Kisten mit Bier und Wasser vom Supermarkt nach Hause kriegen soll - also, ich weiß nich. Ohne Auto?«

Und Horst Lüders sagt: »Wenn ich könnte - weg mit dem Auto! Aber es geht nicht. Stell dir vor, es regnet und du musst raus - also, ich ... ich bleibe ja zu Hause, wenn es regnet. Aber meine Frau ...«

»Das ischa das Thema«, gibt Hein Bruns zu Protokoll. »Die Frauen ... entweder, sie können nicht richtig laufen, weil se keine anstännigen Schuhe haben ...«

» ... oder sie sind einfach zu faul«, sagt Horst Lüders.

Er stellte sich vor, was er mit der Garage machen könnte, wenn er kein Auto hätte. »Einen Hobbyraum«, sagt er. »Den habe ich mir schon lange gewünscht. Aber ... es geht und geht nicht.«

»Genau wie bei mir!«, sagt Karl Wohltjen. »Denn wie«, fragt er, »soll ich sonst zum Stammtisch kommen?«

Müll

Ein im Ruhestand lebender Senator, der sich in Oberneuland niedergelassen hatte, fand eines Morgens neben seiner Garagentür eine große, blaue und prallgefüllte Plastiktüte.

Sie enthielt erkennbar das gesamte Sortiment, das normalerweise in die Biotonne, in den gelben Sack, in die Papier- und in die Restmülltonne gehört.

Der Senator, ein an sich friedlicher Herr, wenn auch nicht ohne Prinzipien, nahm die Plastiktüte, stellte sie in seine Garage und ließ sie später in der Restmülltonne verschwinden. Damit war die Sache für ihn erledigt - dachte er.

Doch am nächsten Morgen stand an seiner Garagentür wiederum eine große, blaue und prallgefüllte Plastiktüte mit dem gleichen reichhaltigen Sortiment.

Der Senator glaubte zunächst, er könne nicht richtig gucken.

Doch sein Sohn meinte: »Mit deinen Augen hat das nichts tun, sondern mit deinen Nerven. Du musst das aushalten, sonst hast du diese Freude jede Woche neu.«

Der Senator hörte auf seinen Sohn. Und hielt durch. Er ließ die blaue Plastiktüte stehen, wo sie stand.

Zunächst glaubten freundliche Nachbarn, ihn auf die von ihm offenbar vergessene Tüte aufmerksam machen zu müssen.

»Herr Senator, Sie haben Ihre Tüte an der Garage stehen lassen!«

»Nein«, sagte der Senator sehr bestimmt. »Das ist nicht meine Tüte!«

Und nachdem alle Nachbarn gefragt und die entsprechende Auskunft bekommen hatten, wurde die Tüte zur vertrauten Dekoration des gemeinsam genutzten Garagenhofes.

Vier Wochen stand die Tüte an ihrem Platz. Dann war sie weg.

Schlimm

Der Kaufmann Helmut Schneider hatte einen unaufschiebbaren Termin beim Zahnarzt, und während er auf die Praxis zusteuerte, erblickte er auf dem Parkplatz vor dem Haus des Arztes den Wagen eines guten Bekannten, der Peter Wohlfahrt hieß. Wohlfahrt war von aus Haus Verwaltungsjurist und im Übrigen sehr intensiv damit beschäftigt, Karriere zu machen.

Schneider betrat das Wartezimmer. Doch Peter Wohlfahrt war offenbar schon im Sprechzimmer.

Jedenfalls kam es zu keiner Begegnung zwischen den beiden Herren, zumal der Weg der Patienten zurück in die Freiheit nicht durch das Wartezimmer führt.

Als nun Schneider dran war und im Sprechzimmer mit gemischten Gefühlen auf dem Behandlungsstuhl Platz genommen hatte, konnte er sich die etwas zweideutige Frage an den Zahnarzt nicht verkneifen: »Na, hat sich Herr Wohlfahrt einen Zahn ziehen lassen müssen?«

»Kennen Sie denn Herrn Wohlfahrt?«, fragte der Zahnarzt.

»Sehr gut«, antwortete Schneider. »Wir treffen uns ziemlich häufig. Mindestens zweimal im Monat. Aber Wohlfahrt ist einer, der spricht nie über seine Krankheiten. Das scheint für ihn etwas Unanständiges zu sein. Und ob Sie's glauben oder nicht, zufällig treffen wir uns alle naselang in irgendwelchen Wartezimmern.

Denn wir scheinen den gleichen Ärzte-Geschmack zu haben.«

Der Zahnarzt wandte ein: »Na ja, hier haben Sie sich ja nicht getroffen. Und außerdem – also, 'n Zahnarzt ist ja nichts Unanständiges.«

»Nee, das nicht«, meinte Schneider. »Aber das letzte Mal haben wir uns beim Urologen getroffen.«

»Ja«, gab der Zahnarzt mit einem kleinen Augenzwinkern zu. »Das kann schon etwas unanständig sein.«

An der Kasse

Jan Böttcher geht in den Supermarkt, um sich mit Käse, Toilettenpapier und Haushaltstüchern zu versorgen.

Nachdem das geschehen ist, stellt er sich in die Schlange an der Kasse. Die Schlange besteht aus einer Kundin.

Und die ist dran.

Sie beobachtet mit großem Interesse, wie die Kassiererin die Preise der von ihr gekauften Waren eintippt. Und für sie offenbar völlig überraschend sagt die Kassiererin: »Das macht 39,89!«

»39,89?«, fragt die Kundin.

»39,89«, wiederholt die Kassiererin.

Erst jetzt beginnt die Kundin in ihrer Tasche zu kramen und befördert nach einiger Zeit ihre Geldbörse ans Licht.

Sie öffnet die Geldbörse und meint: »Ich kann es Ihnen klein geben.« Sie zählt 50 Cent, 20 Cent, 10 Cent, fünf Cent, zwei Cent und zweimal einen Cent in die Hand der Kassiererin. Dann folgen ein Fünf-Euro-Schein und drei Zehn-Euro-Scheine. Und dann geht's los.

»Da müssen doch noch«, sagt sie, »vier Euro sein.«

Aber sie sind es nicht.

»Drei Euro«, sagt die Kundin. Aber damit ist die Kassiererin nicht einverstanden.

»Ja, dann kann ich Ihnen nur 50 Euro geben!«, meint die Kundin.

Danach zählt sie all das viele Kleingeld wieder zurück in ihre Geldbörse und gibt der Kassiererin einen 50-Euro-Schein.

Die gibt ihr zehn Euro und elf Cent zurück.

Die Kundin betrachtet den Zehn-Euro-Schein, zählt die elf Cent, sortiert alles sehr ordentlich in ihre Geldbörse, schließt die Geldbörse, legt die Geldbörse in ihre Tasche, guckt sich die hinter ihr stehende Schlange, bestehend aus vier Frauen und drei Männern, einschließlich Jan Böttcher, an und - geht.

Ha'm Se mal 'n Euro?

Frau Lorenz aus Schwachhausen, Sie wissen schon, das ist die, die immer so 'n büschen etepetete is, traf Frau Huber, die ihren Namen von Herrn Huber hat, der aus Bayern stammt und vor fünf Jahren gestorben ist. Frau Lorenz und Frau Huber kennen sich recht gut. Sie wohnen auf der Nachbarschaft.

»Stellen Sie sich vor«, sagte Frau Lorenz, »was mir gestern in der Stadt passiert ist. Eigentlich wollte ich ja nur zum Blumenmarkt, wissen Sie, jedes Jahr im Herbst kaufe ich mir eine Pflanze für die Terrasse.«

»Und was ist Ihnen passiert?«, fragte Frau Huber und dachte an all die schrecklichen Dinge, die älteren Leuten heutzutage passieren können.

»Ja, denken Sie«, berichtete Frau Lorenz. »Da hat mich doch gleich beim Blumenmarkt tatsächlich ein junger Mann angesprochen.«

»Angesprochen?«

Frau Huber wusste nicht, ob sie sich darüber entsetzen oder wundern sollte.

Vorsichtshalber fragte sie: »Was wollte er denn, der junge Mann?«

»Er fragte mich ganz freundlich, also, ich muss Ihnen sagen, es war ein sympathischer junger Mann, er fragte mich, ob ich wohl 'n Euro hätte.«

»Und was dann?«, fragte Frau Huber.

»Nun, ich suchte in meinem Portemonnaie, fand auch 'n Eurostück und sagte: ›Da ha'm Se aber Glück.‹ Ich reichte ihm den Euro. Er nahm ihn ganz selbstverständlich und ging damit weg, ohne mich weiter zu beachten.«

»Ja, und?«, fragte Frau Huber, die auf eine Pointe dieser Geschichte wartete.

»Ja«, sagte Frau Lorenz. »Ich hatte doch geglaubt, er brauche etwas Wechselgeld oder so.«

Frau Huber wusste das aber besser. »Wer heutzutage Passanten um Geld anspricht, der will nichts weiter als kassieren. Früher sagte man dazu: betteln!« Frau Huber fügte hinzu: »So ist die Welt!«

Frau Lorenz sagte daraufhin: »Das weiß ich nu auch. Und im Grunde«, sagte sie, »ist das auch gar nicht schlimm, mein Gott, ich werde dscha wohl 'n Euro entbehren können. Aber wissen Sie, was das Schlimmste war? Das ist mir überhaupt erst hinterher aufgefallen.«

»Was hat er denn noch gemacht?«, fragte Frau Huber, die jetzt auf das große Finale wartete.

Frau Lorenz sagte – und nun wirkte sie etwas konsterniert: »Dscha, denken Sie, der hat mich doch einfach geduzt!«

Weitere Titel von Hermann Gutmann:

Bremer Bräuche ISBN 978-3-86108-156-2	7.90 €
Bremer Freimarkt ISBN 978-3-86108-170-8	8.90 €
Bremer Geschichte(n) ISBN 978-3-86108-158-6	8.90 €
Bremerhavener Erinnerungen ISBN 978-3-86108-166-1	8.90 €
Bremerhavener Geschichte(n) ISBN 978-3-86108-157-9	7.90 €
Der Bremer Weihnachtsmarkt ISBN 978-3-86108-993-3	8.90 €
Der Ratskeller zu Bremen ISBN 978-3-86108-191-3	12.90 €
Ehe-Geschichten ISBN 978-3-86108-152-4 Auch als Hörbuch, ISBN 978-3-86108-994-0	8.90 € 9.90 €
Felix, seine liebe Frau Moritz und andere Leute ISBN 978-3-86108-167-8	8.90 €
Felix und die alltäglichen Dinge ISBN 978-3-86108-150-0	5.00 €
Geschichten aus dem Radio ISBN 978-3-86108-159-3	9.90 €
Geschichten aus dem Schnoor ISBN 978-3-86108-161-6	8.90 €
Gute Besserung ISBN 978-3-86108-197-5	9,90 €
Gute Reise ISBN 978-3-86108-998-8	9.90 €
Hafen-Geschichte(n) ISBN 978-3-86108-195-1	9.90 €
Hamburg schmunzelt ISBN 978-3-86108-190-6	9.90 €

Hamburger Geschichte(n)
ISBN 978-3-86108-198-2 9.90 €

Hamburger Sagen
ISBN 978-3-86108-349-8 9.90 €

Hat's geschmeckt?
ISBN 978-3-86108-153-1 8.90 €

Kieler Geschichte(n)
ISBN 978-3-86108-990-2 9.90 €

Kohl-und-Pinkelgeschichten
ISBN 978-3-86108-175-3 9.90 €

Lauter kleine Unterschiede
ISBN 978-3-86108-991-9 9.90 €

Mit vollem Munde spricht man nicht
ISBN 978-3-86108-151-7 5.00 €

Opa-Pflichten
ISBN 978-3-86108-155-5 8.90 €

Roland mit de spitzen Knee
ISBN 978-3-86108-154-8 8.90 €

Roland und seine Brüder
ISBN 978-3-86108-173-9 9.90 €

Sagen aus Bremerhaven und umzu
ISBN 978-3-86108-348-1 8.90 €

Sagen und Geschichten aus Bremen
ISBN 978-3-86108-163-0 8.90 €

Sagen und Geschichten aus Bremen-Nord
ISBN 978-3-86108-164-7 8.90 €

Schmunzelgeschichten
ISBN 978-3-86108-165-4 8.90 €

Seemannsgeschichten
ISBN 978-3-86108-172-2 9.90 €

Verdener Geschichte(n)
ISBN 978-3-86108-196-8 8.90 €

Was sich die alten Bremer am Herdfeuer erzählten
ISBN 978-3-86108-351-1 9.90 €

Weihnachtsgeschichten
ISBN 978-3-86108-168-5 9.90 €

Wenn Ostern und Pfingsten auf einen Tag fallen
ISBN 978-3-86108-171-5 8.90 €

Wenn wir unsere Oma nicht hätten
ISBN 978-3-86108-193-7 8.90 €

Worpsweder Geschichte(n)
ISBN 978-3-86108-169-2 9.90 €

Das ideale Geschen
für alle Liebhaber
amüsanter Döntjes.

Das Große Hermann Gutmann-Buch – seine besten Geschichten in einem Band. 240 Seiten, mit zahlreichen farbigen Illustrationen von Peter Fischer. Limitierte Auflage!

ISBN 978-3-86108-174-6 24.90 €

»Hermann Gutmann ist berühmt für seine spitze Feder und seinen generationsübergreifenden Humor«
Weser-Kurier, 2004